文春文庫

武士《もののふ》の賦《ふ》

居眠り磐音

佐伯泰英

文藝春秋

目次

「居眠り磐音」
主な登場人物

重富《しげとみ》利次郎《としじろう》
土佐高知藩山内家の家臣重富家の次男。住み込み門弟となった佐々木道場でのあだ名は「でぶ軍鶏《しやも》」。

霧子《きりこ》
雑賀《さいか》衆の女忍び。姥捨《うばすて》の郷で育つ。

松平辰平《まつだいらたつぺい》
佐々木道場の住み込み門弟。利次郎の朋輩。あだ名は「痩せ軍鶏」。

重富百太郎《しげとみひやくたろう》
利次郎の父。近習目付。妻は富美。

泰造日根八《たいぞうひねはち》
雑賀衆の流浪の一味の総頭。幼い霧子をさらって雑賀衆に加えた。

坂崎磐音《さかざきいわね》
元豊後関前藩士の浪人。父は国家老。佐々木道場で剣術修行をした剣の達人。

おこん
両替商今津屋の奥向き女中。

佐々木《ささき》玲圓《れいえん》

神保小路で直心影流の剣術道場・佐々木道場を構える。

弥助《やすけ》

幕府の隠密。磐音や佐々木玲圓とともに日光社参の影警護役につく。

『居眠り磐音』江戸地図

新吉原
山谷堀
寛永寺
上野
不忍池
浅草
待乳山聖天社
向島
浅草寺
業平橋
吾妻橋
北割下水
十間川
本所
法恩寺橋
南割下水
柳原土手
両国橋
横川
今津屋
竪川
薬研堀
大川
鰻処宮戸川
六間堀
猿子橋
霊河岸
小名木川
日本橋
新大橋
鎧ノ渡し
金兵衛長屋
深川
霊岸島
八丁堀
永代橋
仙台堀
永代寺
常陸麻生藩
下屋敷
佃島
富岡八幡宮
越中島

護国寺
小石川
本郷
豊後関前藩
上屋敷
湯島天神
牛込
神田川
神田明神
佐々木道場
駿河台
神保小路
昌平橋
市谷八幡宮
内藤新宿
江戸城
四谷
四谷御門
麹町
平川天満宮
鍛冶橋御門
南町奉行所
数寄屋橋御門
溜池
土佐高知藩
江戸藩邸
原宿
愛宕権現
増上寺
芝
渋谷

編集協力　澤島優子
地図制作　木村弥世

武士《もののふ》の賦《ふ》

居眠り磐音

第一話　初恋の夏

一

宝暦《ほうれき》八年（一七五八）夏、江戸鍛冶橋《かじばし》御門内、土佐高知藩山内家の江戸藩邸の御長屋で一人の男の子が誕生した。近習目付《きんじゅめつけ》重富百太郎《しげとみひゃくたろう》と富美《ふみ》夫婦の次男利次郎《としじろう》は、一貫目を超える体付きで丸まるとしていた。三百七十石重富家は高知藩江戸藩邸定府《じょうふ》の家柄であり、江戸藩邸は七千三百五十五坪の敷地の南東の一角に士分以上中士のための二階長屋があった。

ちなみにただ今でいえば山手線有楽町と東京駅の線路上にあたる。御堀を挟《はさ》んで東側は町屋（現八重洲側）であり、大名の江戸屋敷の暮らしながら、

「とーふぃ、豆腐豆腐」

などという物売りの声が聞こえてきた。

重富家の嫡男正一郎《ちゃくなんしょういちろう》は謹厳実直な気性だった。一方、次男の利次郎は生後九月もすると座敷から廊下を這いずりまわり、障子の桟《さん》に縋《すが》って立ち上がろうとして障子紙を破ったりした。また縁側から狭い庭に幾たびも転がり落ちた。

「利発な子になれと利次郎と名付けましたが、おまえ様、利発ではのうて活発でございます」

と母親の富美に呆《あき》れられた。その嘆きを聞いた父親は、

「活発、よいではないか、山内家は武辺の国柄じゃ。剣の道で立つように三つ四つで剣道場に入門させようか」

「おまえ様、いくらなんでも三つ四つで入門させてくれる道場はございますまい」

「ならば藩邸の道場に連れて参れ。こやつならば剣道場を喜ぼう」

と持て余したせいか、いささか投げやりな口調で言ったものだ。

外様《とざま》大名江戸藩邸に生まれた次男三男が、山内家の家臣の家に婿《むこ》養子に入るのは至難のことだ。とはいえ、旗本のそれのように江戸藩邸の部屋住みで一生過ごすのは許されなかった。利次郎は生まれながらに己で道を切り開くように運命づ

けられていた。

利次郎の最初の記憶は、四歳の夏に藩邸内の泉水のある奥庭に潜《もぐ》り込み、よだれかけ一枚の姿で下半身を水に浸《つ》け、泳ぐ鯉の群れが近付かないように気分よく竹棒で水面を叩《たた》いていたときの出来事だ。

「泉水で水遊びなどしてはなりませぬ」

不意に若い女の声がした。行儀見習いとして奥向き女中を務める春乃《はるの》と呼ばれる十六歳の娘だった。高知藩と所縁《ゆかり》の深い室町の仏具屋の娘だった。むろん利次郎はさようなことは知らない。

「すずしいぞ」

ぎらぎらとした夏の陽射《ひざ》しが奥御殿の庭のあちこちに咲く、真っ赤な夾竹桃《きょうちくとう》を照らし付けていた。そこへ老女が姿を見せて、

「春乃、何者です」

と娘に質《ただ》した。

「克子《かつこ》様、分かりません」

娘が老女の出現に慌《あわ》てたように答えた。するとよだれかけ一枚で腰まで泉水に浸かっていた男の子が、

「としじろ」

と名乗った。

「姓を名乗りなされ」

「としじろじゃ」

老女におなじく名を繰り返した。すると春乃が、

「老女様、近習目付の重富様の次男が、たしか利次郎と言われた気がいたします」

「なんと近習目付の重富様の次男ですと。早々に泉水から引き上げ、御長屋に連れ戻しなされ」

と老女が命じたところに男の声が響いた。

「克子、なにを騒いでおる」

「殿様」

こんどは老女が驚きの声を洩《も》らし、春乃も慌てて殿のために泉水の水辺から身を移し、頭を下げた。

外様大名二十四万石、高知藩八代目山内土佐守豊敷《とよのぶ》だ。克子と呼ばれた老女が縷々《るる》説明をした。

「なに、重富百太郎の次男が奥御殿の庭まで独り入り込んだか」

と事の真相を知った豊敷が、

「そのほう、一人で奥に入り込み遊びおるか」

豊敷の問いに利次郎が頷《うなず》くと、竹棒で再び近付いてこようとする鯉の群れの前をひと打ちした。すると水が跳ねて豊敷の召し物にかかった。

「これ、止《や》めなされ」

克子が利次郎を叱《しか》った。だが、利次郎は平然としたものだ。

「利次郎、泉水は涼しいか」

「すずしいぞ、じいじい」

利次郎の返答に仰天した老女が、

「これ、利次郎、なんという口の利《き》きようか。殿様と申せ。春乃、小姓を呼び、早々に御長屋に連れ戻しなされ」

と声を荒らげた。

「克子、そう喚《わめ》くでない」

のんびりとした口調で老女を注意した豊敷が利次郎に眼差《まなざ》しを戻して、

「利次郎、どこから奥へ潜り込んだ」

「それはいえん。おしえるとまねするものがでてこよう」

「なに、奥に通じる道はそなたの秘密の道か」

「じいじい、ひみつとはなんだ」

「朋輩《ほうばい》にも教えたくないのであろうが」

「そうじゃ」

「その態度はこれまで幾たびか奥庭を訪ねたようじゃな」

利次郎は指を折って数え、四本の指を立てた。

「四度な、よう見つからなんだな」

五十歳の豊敷が感心した。四つの子からみれば、豊敷とて「じいじい」であって不思議はなかった。

「利次郎、泉水に独り浸かっておると溺れるぞ、泳げはしまい」

「あにじゃはおよげる。としじろはまだおよげぬ。ふかいところには入らぬ」

「何、兄者も連れだってここに来おるか」

「あにじゃはおくびょうじゃ、ひみつにしておる」

「兄思いの知恵があるか。されど利次郎、泉水の鯉を脅《おど》かすのはよくないぞ」

「いけのさかなとあそんではならぬか」

「竹棒などで叩くと鯉が驚こう」

「さかなをたたいてはおらぬ、みずをたたいておるだけじゃ」

と応じた利次郎が不意に立ち上がった。よだれかけ一枚の利次郎の小さな一物が見えた。

「あれ」

と春乃が顔を背け、

「これ、殿様の前で裸の姿を見せる者がおりますか」

と克子が叱った。

「克子、子供のことじゃ、そうがみがみ叱るでない」

と注意した豊敷は、

「利次郎、いつもはどこで水遊びしておる」

「おほりじゃ」

「なに、お堀で水遊びをいたすか。御堀は泉水と違い、深いゆえ泳ぎを知らぬ利次郎はおぼれ死ぬぞ」

「ここのほうがしずかですずしい」

と答えた利次郎は庭石の陰に脱ぎ捨てた衣服のところにさっさと向かった。

「克子、こやつ、なにをしでかすか分からぬ乱暴者とみた。そなたが住まいまで送って参れ」

と豊敷が老女に命じた。すると振り返った利次郎が、

「ばばさまはいやじゃ、あっちがいい」

と春乃を差した。

「殿様、この子は私をばばと呼びましたぞ」

「予とてじいじいと呼ばれたわ。克子が婆様であってなにがおかしい」

利次郎に指差された春乃は、ふだん気難しい豊敷が決して機嫌が悪くないことを察していた。

「殿、小姓か中間《ちゅうげん》に連れ戻させ、厳しく重富家の家人を注意しておくほうがようございませぬか。この者、また奥へ入り込みますぞ」

克子が殿にお伺いを立てた。

「大仰《おおぎょう》にすると重富家が厄介《やっかい》になろう。よい、春乃、そのほうが利次郎を連れ戻り、重富百太郎にそれとなく注意いたせ」

と豊敷が命じた。

「殿様、それでよろしいのでございますか」

「克子、幼子の所業じゃ、それにこの暑さ、奥に入り込んで泉水で水浴びしたい気持ちが分からんではない。予もこやつといっしょに泉水に浸かりたい暑さじゃ」

と鷹揚《おうよう》に言った豊敷が、春乃に目顔で命を繰り返した。

三人の会話を他所《よそ》に、利次郎は濡れたよだれかけの上に木綿《もめん》の単衣《ひとえ》を着込んで帯を巻きつけようとしていた。

「どれ、帯を貸しなされ。春乃が帯をして差し上げます」

「ひとりでできるぞ」

「いいえ、お侍の子です。だらしない帯の結び方ではいけません」

と言った春乃が手際よく帯を締めてくれ、利次郎に命じた。

「さて、そなたの秘密の抜け道に案内《あない》なされ」

利次郎は手造りと思える木刀を腰帯に差した。

「それはならぬ。としじろだけのみちじゃ、おなごはとおれぬ」

春乃が不意に笑った。

「おかしいか」

「春乃は町屋の娘です。幼いころは近所の悪坊主といっしょに堀などで遊んでいたのです。木登りも得意です」

「ふむ、はるのはさむらいのおなごではないのか」

「商家の、仏具屋の娘です」

「ぶつぐやとはなんだ」

「仏壇とかお鈴《りん》やお線香を売るお店です」

「わからん」

と言った利次郎が春乃の手を摑《つか》み、

「こっちだ」

と案内するように導いた。

そんな二人を豊敷と克子が見送っていた。

克子は豊敷になにか言い掛けたが、殿の和んで見送る顔を見て言葉を飲み込んだ。

泉水の背後にこんもりとした林があって、春乃が初めて目にする場所だった。

「えっ、お屋敷の中にこんな森があるの」

夏の陽射しが重なり合った葉に遮られて、風の戦《そよ》ぎに木《こ》の下闇《したやみ》に光がちらちらと洩れていた。

「利次郎さん、こんなところを一人で抜けてきたの」

「おお、としじろはさむらいの子じゃ」

「父上は近習目付の重富百太郎様ですね」

「おお、はるのは父上をしっておるか」

「承知です」

近習目付は士分であり武官であった。山内家の家臣ゆえ剣術修行はそれなりにしたが技量は凡庸《ぼんよう》だった。それより実直の人柄で藩邸で知られていた。

春乃は仏具屋の実家に重富百太郎が訪れたところを幾たびか見ていた。百太郎が戻ったあと、

「重富様は、品代に細こうございますな」

「そのお気性ゆえ殿様にも藩の重臣方にも信頼が厚いのです。重富様は決して一文たりとも懐《ふところ》に入れる真似《まね》をなさりませぬ。私どもは数多《あまた》のお武家様を見てきましたが、重富様ほど藩に忠実にして商人に誠実なお方はございません」

と手代と番頭が言い合っているのを聞いたことがあった。

春乃が高知藩江戸藩邸に行儀見習いに出る前のことだった。

「父上は、けんじゅつもつよいぞ」

と利次郎が小さな胸を張った。

春乃は奥で、

「近習目付の重富様は機転が利かれませんね、あれでよう殿の御番衆が務まります」

と古手の奥女中が噂《うわさ》しているのを聞いたことがあった。また、

「腰の刀はお飾りにございますそうな」

と言うのを聞いたこともあった。武辺の山内家では未だ剣術ができるかできないかを奥女中も気にかけていた。

春乃は、百太郎が四十を超えてからの子が利次郎ということも奥女中衆の噂で承知していた。

利次郎にとっては父親が世間で一番えらく強いのだ、そう信じていることを春乃は推量していた。

「利次郎様、最前お会いしたお方を承知ですね」

「じいじいか、おばばか」

「利次郎さんがじいじいと呼ばれたお方は殿様にございます」

「とのさま、か」

利次郎は足を止め、なにかを思い出すように考え込んだ。

「とのさまはえらいか、はるの」

「このお屋敷の中でいちばんお偉いお方が殿様の山内土佐守豊敷様です。利次郎さんの父上も殿様にお仕えです」

利次郎はさらに幼い頭で考え込んだ。

「はるの、あのいけはおくごてんか」

「さようです」

「ははうえがおくごてんには入ってはならぬといつもいうておる。おれのあそびばはおくごてんか」

利次郎の顔は当惑とも不安ともつかぬ表情を見せていた。

「さようです。殿様や奥方がお暮らしの奥御殿に利次郎さんは入っておられたのです」

「はるの、父上からしかられような」

と急に利次郎がしょんぼりした。

「利次郎さんの父上はお優しいお方です」

「いいつけぬか」

「もう、奥御殿の泉水に、鯉のいた庭に忍び込んで参られませんか。この春乃に約束できますか」

　しばし考えた利次郎が、

「父上がとのにしかられるか」

「いえ、春乃はなにも申しません」

「ならばいいな」

　利次郎が再び元気を取り戻した。そして握っていた春乃の手を離し、小指と小指を絡《から》ませて約定《やくじょう》させた。

「おれのおくごてんのあそびばはひみつだぞ」

「指きりげんまんしましたからね」

　おう、と言った利次郎が、また春乃の手を取った。

「はるの、こっちだ」

　春乃はいつの間にか竹林に入っていることに気付かされた。そして、どこからともなく、

「水、ひやっこい水」

　と物売りの声が聞こえてきた。

春乃は、まるで室町の実家に戻ったような気分になった。高知藩江戸藩邸に行儀見習いに入って以来、初めて聞く町の声だった。

「利次郎さんはお侍になるのね」

「あにじゃがさむらいになる」

と利次郎がいった。

そうか、重富家も嫡男が父の跡を継ぐことになれば、いずれこの江戸藩邸から出ていく身ということを利次郎はすでに承知しているのかと春乃は思った。

「はるのは、なぜ屋敷におるな」

「行儀見習いです」

利次郎は行儀見習いがなにか理解がつかないようだった。

「ぎょうぎみならい」

「武家方で行儀見習いをいたせば、お嫁にいくときに箔《はく》がつくそうです」

「はくとはなんだ」

「四つの利次郎さんには、未だ行儀見習いとか箔とか分かりませんよね。私だって武家屋敷であれこれ注意を受けることが箔のつくことだとは到底思いません」

ふーん、と利次郎が春乃のいうことが分かったように鼻で返事をした。竹林を抜けると、不意に士分が住む二階建て瓦《かわら》屋根が軒を連ねる御長屋にでていた。この御長屋には狭いながら奥庭がついていた。

「利次郎さん、私一人であの暗い道を抜けて帰れません」

春乃は思わず四歳の幼子に訴えていた。

「おれのいえはここだ。よし、こんどはおれがはるのをおくっていこう」

と利次郎が春乃の手を離すことなく、表門へと案内していった。

利次郎にとってこの夏の出来事が初めての記憶だった。そして、初めて知った淡い、淡すぎる恋心であった。

二

数日後、父親の百太郎が真っ青な顔で帰宅した。御長屋の玄関を入ったところで母親の富美に深刻な低声《こごえ》で問い質していた。富美が、

「な、なんと利次郎がさようなことを。存じませんでした」

と緊張と不安の入り混じった声で応じて、

「正一郎、利次郎はおりませぬか」

と兄に問い質した。

「最前までそのへんにおりましたが、どこぞに遊びに出たのでしょうか」

兄が素読《そどく》でもしている気配で答え、

「おまえ様、まさか四つの利次郎が奥御殿に、さようなことがあるはずはございません。かねがね奥御殿に近付いてはならぬと注意しております」

と富美が答え、さらに言い足した。

「それはありません」

百太郎は富美の返答になにも応じなかった。父親と母親の間に緊張のときが流れていくのが利次郎には分かった。

そのとき、利次郎は二階建て御長屋の床下に筵《むしろ》を敷いて、虫籠《むしかご》に捕まえた蟬《せみ》を入れて眺めていた。利次郎にとってそこは奥御殿に代わる「ひみつの隠れ家」だった。床下は炎熱の猛暑をさえぎり、御長屋の北側から冷たい風が吹き抜けてきて気持ちよかった。

(はるのはどうしておるか)

会いたいと利次郎は思った。また、奥御殿の泉水の水に浸かれば気持ちがよいだろう、と思っていた。

ふたたび両親の険しい問答が玄関から洩れてきて、

「富美、そなたが甘やかすからあのような無分別の子に育つ」

「四歳の子をこの狭い御長屋に留めておくのは無理でございます」

「正一郎は御長屋で大人しく過ごしてきたではないか」

「おまえ様、利次郎は正一郎とはまるで違います。外で一日の大半を過ごしております」

と富美が反論した。そのうえで、

「おまえ様、重臣方からお叱りがございましたか」

富美の声に百太郎は答えず、利次郎の所業についてなにかを述べた。すると富美の声が甲高く床下にも響いてきた。

「な、なんと利次郎は奥御殿の泉水に浸かって鯉を竹棒で叩いて遊んでおりましたか」

「そこを老女の克子どのと、なんと殿様に見つかったのだ。殿じゃぞ、富美、殿様に迷惑をお掛けいたしたのじゃぞ」

母親が絶句した。

「おまえ様、私どもはどうなります」

「上役の郷村《ごうむら》様は、二度と次男に奥御殿に入り込む真似をさせるでないと厳しく命じられた。あやつ、いつから奥御殿に入り込むことを覚えたか」

しばし間があって、

「そういえば数日前、よだれかけが水に濡れておりました」

「なぜその折り、問い質さなかった」

「尋ねましたとも。そうしたら、利次郎が井戸端の水をかぶって濡れたと」

「言うたか。その折りじゃ、あやつが殿と問答を交わしたのは」

「えっ、殿様と問答を交わしたのでございますか」

「郷村様の話では利次郎め、殿のことを『じいじい』と呼んだそうな。いくら四つとはいえ、殿をじいじいと呼ぶ者がどこにあるか。郷村様に『重富の家ではどのような躾《しつけ》をしておる』とこっぴどく叱られた」

父親の声には深刻な不安が宿っていた。

「おまえ様、私どももこのままでは済みますまいな」

「殿は、子供のことじゃ、二度と奥御殿に入り込む真似はさせるなと申されただけだそうな」

百太郎は、

「じいじいと呼ばれたことに殿は満足げであったわ。不思議じゃ、なんとも分からぬ」

と郷村が言ったことを富美には伝えなかった。

「なんのお咎《とが》めもご処置もありませぬか」

しばし間があったあと、分からぬ、と一言百太郎が答えた。

利次郎はただ今でて行けば父上に叱られるなと思い、御長屋の床下を這いずって同輩の士分らが住む三軒先の二つ年上の儀太郎《ぎたろう》の長屋下に行き、しばらく耳を澄ませた。すると床下の暗がりに儀太郎がいた。藩邸のどこは儀太郎の隠れ家だった。儀太郎はこの暗がりで密《ひそ》かに猫を飼っていた。藩邸のどこで生まれたか、あるいは他藩の屋敷から潜り込んできたか、黒毛の子猫だった。

「どうした利次郎」

「うーん、父上が怒っておられる」

「そなた、奥御殿に入り込んだそうじゃな」

儀太郎は床下に寝転び、腕にノラ平と名付けた子猫を抱いて囁《ささや》くような声で言った。

「儀太郎さん、しっておるのか」

「中奥でおまえが奥御殿の泉水に浸かっておったことがうわさになっておるそうじゃぞ」

「あれはよくないことか、儀太郎さん」

「よくないことどころではないぞ。おまえが床下に隠れ家を持っておるとか、おれがここでノラ平を飼っているなんて、内緒ごとではすまんぞ。おまえの親父様が腹を切ってもすまぬかもしれんぞ」

「うちはどうなるのだ」

「この屋敷からおまえの家はだされるな」

「だされるとはどういうことか」

「このお長屋にはおられぬということだ」

儀太郎もそれ以上のことは考えが浮かばぬようだった。

「お長屋にかえらんほうがよいか」

「きつく叱られるのは間違いなかろう」

利次郎は頭の中になんの考えも浮かばなかった。屋敷を出るということがどのようなことか、思いもつかなかった。

「どうしよう」

「おれを巻き込むな」

と儀太郎が言った。

わかった、と答えた利次郎はまた自分の御長屋下に這いずって戻っていった。

筵を敷いた床下に戻ったとき、聞き知った娘の声がした。

(はるののこえだ)

なにしに来たのだ。

利次郎は耳を澄ませた。

「殿のお言葉です。『幼い子供のしたことゆえ、きつく叱ってはならぬ。くれぐれも利次郎を許してやれ』と申されました」

「なんと、勿体《もったい》なくも有難き殿の御言葉、躾が行き届かなかったわれらに殿はさようなお言葉をかけられたとは」

百太郎の恐縮しきった声がした。と、同時になぜ殿が利次郎にそれほど気遣いされるのか、理解が付かなかった。

利次郎は春乃に会いたいと思った。だが、ただ今は春乃に会うどころではない、と思った。

(どうしたものか)

利次郎は筵の下の隅に隠した小刀を取り出すと懐に入れ、儀太郎と会ったのとは反対側へ御長屋下を這いずっていった。二階建ての表御門が鉤《かぎ》の手に曲がったところを這い進むと、馬が羽目板を蹴る音がしてきた。

利次郎にとって御厩《おうまや》も遊び場であり、隠れ家の一つだった。

御厩は士分の馬廻方《うままわりかた》が監督差配していた。だが、生き物の馬の世話をするのは士分以下の御厩小者《こもの》たちだった。

利次郎は士分の者がいないのを確かめて御厩に潜り込んだ。すると御厩小者の添《そえ》じいが利次郎を見て、

「またなんぞやらかしたか」

と尋ねた。

「おくごてんでとのさまと会っただけだ」

「ほうほう、奥御殿で殿様にお会いしたとな。それは大それたことだぞ、利次郎」

と応じたが信じている風は全くなかった。

「添じい、はらがへった」

「食いものか、握りめしが一つある。食うか」

「くう」

と答え、塩だけの握りめしを貪《むさぼ》り食って一息ついた。

「ねむくなった。わらこやでねていいか」

「勝手にせえ。夕暮れ前には御長屋にもどれ、おっ母さんが案じよう」

「そうする」

と応じた利次郎は馬小屋の片隅にある囲いの中の藁束《わらたば》に入り込み、横になった。

馬小屋は風が吹いて気持ちよかった。それでもいちばん気持ちがよかったのは奥御殿の池だったな、と思いながら春乃の手の温もりを思い出した。

春乃に会うにはどうすればよいか、考えているうちに眠り込んでいた。

利次郎が目覚めたとき、すでに夏の宵闇《よいやみ》が訪れていた。

馬たちも餌《えさ》をもらい眠りに就いていた。

利次郎が常夜灯の細い灯《あか》りで馬たちを見ると、馬たちは立ったまま眠っていた。

「うまはたったままねむるのか」

腹が減っていた。

どうしたものか、家に帰れば夕餉《ゆうげ》を食することができよう、だが、父上にも母上にも叱られるな、と利次郎は幾たびも迷い、もう一度奥御殿に忍び込んでみようかと考えた。

「ひょっとしたらはるのにあえるかもしれん」

と思った利次郎は急いで御厩を出た。御長屋まで戻ると、利次郎の家の前に灯りが点《とも》っていた。

（なにがあったのだろう）

利次郎の戻りを待つ灯りとは思わず奥御殿に向かう竹林に潜り込んだ。月明かりを頼りに奥御殿の道を進むと、だんだんと闇が深まった。それでも春乃に会いたい一心で怖さをこらえて泉水のあるところまで進んだ。

すると奥御殿に煌々《こうこう》とした灯りが点り、蚊遣《かや》りの煙が立ち上っていた。

「そうか、とのさまがおられるところがおくごてんか。はるのはどこにおるか」

利次郎が見回していると老女の克子と思《おぼ》しきが影が縁側にあらわれ、なにごとか座敷の奥に話しかけていた。不意にお盆を手に現れたのが春乃に見えた。

「はるのだ」

声をかけてみるか、と利次郎が考えていると泉水の向こうに警護方が見廻りにきたのか、提灯《ちょうちん》の灯りが見えた。

「いかんぞ、これは」

春乃に声を掛けるどころではない、急いで逃げ出さねば、と利次郎は泉水の端を離れ、築山の陰に回り込んで十一夜の月明かりを頼りに竹林へと駆けこもうとした。だが、昼間と夜はまったく森の中の様子が違ってみえた。

「こっちか、いや、あっちか」

と迷い歩くうちに利次郎はどこにいるのか分からなくなった。泣きたくなったが、警護方に見つかれば大変なことになる、と利次郎は思った。

(どうしよう)

と暗がりに立ち竦《すく》んだ。すると背後で警護方の提灯の灯りがちらちらと林の向こうに浮かんだ。

利次郎は灯りから逃げようと闇雲《やみくも》に走り出そうとした。そのとき、猫の鳴き声がした。

ノラ平だと思った。

「ノラ平、おれをおながやまでつれていってくれ」

と願った。するとノラ平と思われる黒猫が、

みゃうみゃう

と鳴きながら利次郎をどこぞに連れていこうとした。利次郎はノラ平の声を頼

りに闇の中を進んだ。

どれほど暗がりを歩いたか、不意に二階建ての御長屋が見えた。

やはり案内してくれたのはノラ平だった。ノラ平が最後にひと鳴きして御長屋の路地に姿を消した。

利次郎は独りで夜の御長屋の前に立っていた。不意に利次郎は泣き出した。その声を聞き付けたか、御長屋の戸がさっと開かれて、重富家の老中間の磯吉《いそきち》が表に出てきて、

「ああ、利次郎様でねえか」

と叫んだ。

その声に富美が飛び出してきた。

「利次郎、どこにおったのです」

と叫ぶと利次郎に駆け寄り、両腕に抱きかかえ、御長屋に連れ戻った。

「富美、騒ぐでない。これ以上、朋輩衆の御長屋を騒がせてもならぬ」

と百太郎が叱った。

その夜、利次郎は泣きながらめしを食い、そのあと、父親の百太郎と母親の富美の前に座らされた。

「利次郎、そなた、なにをやらかしたか承知じゃな」

と百太郎に言われた利次郎はこくりと頷いたが、その次の瞬間にはこっくりこっくりと眠り込んでいた。

「こら、利次郎、起きぬか。そなた、なにをやらかしたか父にいうてみよ」

と怒鳴りつけられた利次郎が、
ぴくり
と伏せかけた顔を上げたが、次の瞬間には再び眠りに落ちていた。

「おまえ様、今晩はなにを言い聞かせても無理でございます。明朝、出仕前に利次郎を質して、しばしこのお屋敷から利次郎を遠ざけるかどうか決めましょうか。お願い申します」

と願った。

「致し方ないか。ともかく、富美、わが重富家の考えを先に上司方に申し上げることが、重富家がご奉公を続けるために大事なのは間違いないわ。これ以上殿様の温かき心遣いに甘えてもなるまい」

と言い、

「利次郎を寝かせよ」

と富美に命じた。

翌朝、利次郎はふたたび両親の前に正座していた。

「父上、母上、お許し下さい」

利次郎が両手をついて頭を下げた。

朝目覚めたときから母親に幾たびも稽古《けいこ》させられた詫《わ》びの仕方だった。

「詫びの前に利次郎、なにをなしたかすべてこの父と母に話すことだ」

「はい」

と返事をした利次郎は、数日前の昼間奥御殿の泉水に半身を浸けて水遊びしていたことから、奥女中の春乃、続いて老女の克子に見つかり叱られていたところに殿様が姿を見せたことを詳《つまび》らかに話した。

「やはり利次郎、殿を『じいじい』と呼んだか」

「はい。とのさまがじいじいだとはしりませんでした」

「お、おまえというやつは、なんたる礼儀知らずか不忠者か。殿様は土佐国高知藩二十四万石の太守であるぞ」

「おまえ様、利次郎にさようなことを言い聞かせても未だ分かりますまい」

富美が言った。

「もうよい。ま、待て、それは昼間のことじゃな。昨日の夜はどこでなにをなしていた、正直申せ」

と父親に言われた利次郎は、御長屋の床下に隠れ家があること、儀太郎が同じく床下に猫のノラ平を飼っていること、また御厩番の添じいの一件は別にして、御厩の藁小屋に潜《ひそ》み寝ていたことと、そのあと、もう一度奥御殿を見に行ったことを告げた。

その話を聞いた百太郎の顔が真っ青になり、しばし黙り込んだ。富美も口が利けないようでなにか別のことを考え込んでいた。

「この話、利次郎の他にだれか知っておるか」

利次郎は即座に首を横に振った。

「だれも」

いや、一匹だけノラ平が承知と思ったが、それも儀太郎に関わることで喋《しゃべ》ってはいけないことだと思った。

「だれも知らぬのじゃな」

「しりません」

と利次郎がはっきりと返事をした。

「よし」

と己に言い聞かせた百太郎は、このことが藩内に洩れたときのことを気にかけた。

深夜、奥御殿に侵入した者を見逃がした警護方は、藩主山内豊敷の身の安全をないがしろにしたとして、処断が下されるであろう。また利次郎が昼間ばかりか夜に奥御殿に忍び込んだことが重臣に知られれば、もはや重富家の処断は決まったも同然だと百太郎は思った。

「富美、昨晩話したことを決するしかあるまい」

と百太郎が決然とした口調で言い、富美が頷いた。

三

富美に連れられた利次郎が土佐高知藩江戸藩邸の表門を出ると、門番が富美と利次郎親子を見て会釈《えしゃく》した。その顔には、

「ほうこの子が奥御殿に忍び入り、泉水で水浴びをしていた子か」

と興味津々の表情が漂っていた。

富美はそのようなことは気付かなかった風に鍛冶橋御門から橋を渡り、町屋へと出た。そしてそのまま真っすぐに五郎兵衛町、畳町と職人が多い町並みをぬけて、東海道でもある南伝馬町三丁目《みなみてんまちょう》を横切り、具足町、柳町へ進み、楓川《もみじがわ》に出た。利次郎がこうして町屋に連れてこられるのは滅多にないことだった。初めての町屋のお店や職人の工房をきょろきょろと見た。

無言で利次郎の手を引いた母は弾正橋《だんじょうばし》から一本北に向かった松幡橋《まつはたばし》際の船宿に入ると、猪牙舟《ちょき》を願った。

「母上、どこへいくのですか」

不安になった利次郎はいつもと違い、険しい顔の母に尋ねた。

利次郎は船宿がなにをなすところか察しがついていた。いつぞや鍛冶橋の堀端に着いた猪牙舟の船頭に尋ねたことがあったからだ。

「そなたの爺様《じじ》と婆様の屋敷に参るのです」

「じじさま、ばばさま、ですか」

利次郎は爺様と婆様を思い出そうとしたが顔が浮かばなかった。

「お内儀《ないぎ》、舟の仕度ができましたぜ」

老船頭に言われた富美と利次郎は猪牙舟に乗り込んだ。利次郎にとって舟に乗るなど初めてのことだった。船宿の女将《おかみ》に、

「行ってらっしゃいませ」

と見送られた親子は、無言で猪牙舟の胴の間に並んで腰を下ろしていた。

富美は舟に乗っても利次郎の手を離そうとはしなかった。どこをどう行くのか、猪牙舟は楓川から賑《にぎ》やかに大小の船が行き交う日本橋の架《か》かる流れに出た。むろん利次郎はそこがどこか知る由《よし》もない。

「母上、ここはどこです」

「左手に見えるのが江戸橋、その奥には日本橋があります」

利次郎は兄といっしょに日本橋に連れてこられたことをおぼろげに思い出した。

猪牙舟は反対に鎧《よろい》ノ渡しに向かって下っていった。

「若様、舟に乗るのは初めてですかえ」

老船頭が身を固くして乗る親子を見て利次郎に尋ねた。若様と呼ばれたのは利次郎が余所《よそ》行きの袴《はかま》を穿《は》かされて、腰に木刀を差していたからだろう。

「はじめてじゃ」

「利次郎、初めてです、と答えなされ」

富美が利次郎に注意して、屋敷を出たときから離そうとはしなかった手をようやく離した。

利次郎は手に汗を搔《か》いていたので船縁《ふなべり》から水に手を浸けようとして富美に注意され、手拭《てぬぐ》いで汗を拭《ぬぐ》われた。この動きのせいで船頭の櫓《ろ》の漕《こ》ぎ方が利次郎には見えるようになった。

ぎいぎいぎい

今日も夏の暑い陽射しが親子に照り付けていた。櫓の音がなんとも利次郎の耳には心地よかった。

「子供は水が好きだからね」

利次郎が猪牙舟から手を差し出して水に触れようとした動作を見ていた老船頭が言った。

「船頭どの、利次郎はなにをなすか分かりません」

富美が川の流れに乗った安心感からか船頭に告げた。

「未だ幼い若様の歳《とし》では無理もないことでございますよ」

富美はしばらく黙っていたが、胸に溜《た》め込んでいた利次郎の所業を搔い摘んで話した。

「なに、殿様のおられる奥御殿の庭で水浴びをしていたって言われるか。この暑さでさあ、気持ちが分からないじゃございませんね」

老船頭が笑みを浮かべた顔で富美に言った。

「若様よ、殿様から叱られたか」

「しかられたのは父上じゃ、とのさまはやさしかったぞ」

「そりゃ、お父上はぶっ魂消《たまげ》たでしょうな」

と親子のどちらにともつかず言った老船頭が、

「お内儀様、ものが分かった殿様のようじゃございませんか。子供はね、若様くらいの元気があったほうがようございますよ。大きくなったら一廉《ひとかど》のお侍になりますでな、安心なされ」

と言い、利次郎が初めて聞く舟歌を歌ってくれた。

利次郎はついうとうとと眠くなった。だが、それ以上に舟に乗り、行き交う船を見るのが楽しかった。

いつの間にか舟は永代橋《えいたいばし》が見える大川に出ていた。猪牙舟は上流へと舳先《へさき》を向けながら大川の左岸へと漕ぎ上げようとしていた。

「大きな川じゃ、なんという名じゃ。ここでは水あそびはできんな」

「いえ、わっしらが若様くらいの折りには川岸で水遊びをしましたよ。真夏に流れに身をつけるのはなんとも気持ちがようございますからね」

と応じた老船頭が、

「江戸でいちばん大きな隅田川でございますよ。わっしらは、大川と呼んでおりますがね」

と最前の利次郎の問いに答えた。

「大川か」

「へえ、若様が行かれる小名木川《おなぎがわ》に入ればまた穏やかな流れになりますでな、大川は見てのとおり屋根船やら荷船やら筏《いかだ》が往来しておりましょう。わっしらが乗る猪牙舟は筏にぶつかるとひと溜まりもございませんや」

「ながれになげだされるか」

「へえ、でも安心なされ。この里次《さとじ》は十五の歳から四十年近く船頭稼業ですよ。猪牙を筏にぶつけるなんぞ間抜けはしませんでな」

里次と名乗った老船頭が親子を安心させるように言った。

利次郎はしばらく大川の流れを往来する無数の船を見ていたが、

「母上、じじさま、ばばさまとはだれですか」

と聞いた。

「母の父上と母上のことです」

「利次郎はしりません」

「幾たびかお会いしていますが、そなたは幼かったゆえ覚えておりますまい」

「じじさまとばばさまに会いにいくのですか」

利次郎は屋敷を出たときから気になっていたことを聞いた。富美はしばらく黙っていたが、再び利次郎の手を握った。

「利次郎、よう母が申すことを聞きなされ。そなたは四つです。侍の子なれば聞き分けられましょう。そなたは今晩から爺様と婆様の住まいでしばらく暮らすことになります」

利次郎は母が下げてきた風呂敷包みを見た。

「母上もいっしょですか」

「母は屋敷に戻らねばなりません」

「利次郎ひとりがじじさまとばばさまのやしきにのこされるのですか」

利次郎はようやく外出の理由を知らされて泣きそうになった。だが、侍の子は人前で泣き顔を見せてはならぬという父の言葉を思い出して必死でこらえた。

「母上、利次郎はいつまでじじさまのやしきにおらねばなりませぬか」

「そなたが何事も聞き分けられるようになるまでです」

「母上、利次郎はもうおくごてんにけっしてはいりません」

と答えながら利次郎は、

(はるのにはあいたい)

と思った。

「父上の命です。そなたがもう一度あのようなことをなすと、重富家は一家で屋敷を出なければなりません」

「ならば父上や兄上、母上といっしょにじじさまのやしきにひっこせばよい」

「利次郎、そなたの父上が奉公する屋敷と爺様が住む屋敷とは殿様が違うのです。一家でなど引っ越すわけには参りません」

利次郎は必死に母がいうことを分かろうとした。水遊びが引き起こしたのだと利次郎は思った。父上に迷惑をかけたのだ、と考えた。

「母上、いつまでじじさまのやしきにいるのです。ああ、そのやしきにもとのさまがおられますか」

「爺様のお屋敷は下屋敷ゆえ、殿様は滅多に参られることはありません。それに爺様は隠居ゆえ下屋敷で一軒家に住まいして、畑仕事をして野菜を造り、兎《うさぎ》や鶏や犬を飼って暮らしておられます。利次郎はきっと気に入りましょう」

兎と犬がいて、鶏がいる暮らしとはどんなものか、利次郎は楽しいかもしれないとちらりと思った。だが一方で、母上とも兄ともいっしょに暮らせないことに耐えられるか、と不安になった。

「利次郎はもうききわけがよい子になります」

「利次郎、そなたが真《まこと》に聞き分けのよい子になるには二年、いえ、三年はかかりましょう」

利次郎には二年三年がどれほど長い歳月か想像もつかなかった。

「若様は独りで奥御殿に忍びこむ知恵を持っておられます。きっとな、爺様と婆様との下屋敷暮らしが楽しくなりますよ」

里次が利次郎を慰めるように言った。

小名木川の南、八右衛門新田に面してある常陸国麻生《ひたちのくにあそう》藩新庄越前守一万石の下屋敷の広さは五千三百坪、敷地の真ん中に瓢箪《ひょうたん》のかたちをした湧水池があった。

母の富美は、新大橋の西側にある新庄家上屋敷で生まれ育っていた。富美の父伊丹治一郎《いたみじいちろう》は新庄家で代々江戸藩邸用人を務め、その職を富美の兄治太郎《じたろう》に譲り、殿の許しを得て下屋敷の離れ屋に夫婦二人で住んでいた。

重富百太郎と富美が知り合ったのは、麻生藩下屋敷の南に隣接して山内家の下屋敷があったからだ。だが、利次郎はさようなことはなにも知らない。

突然連れてこられた利次郎の所業を聞いた治一郎は、

「なに、山内家の江戸藩邸の奥御殿に忍び込み、泉水で水遊びをしていたというか。こやつの兄は気が利かん、そなたの亭主とよう似ておるが、利次郎は見処《みどころ》があるではないか。よいよい、わしのところに好きなだけいよ。ここは下屋敷ゆえ、殿が来られることは滅多にない。わしの孫がいたところで殿がなんぞ注文をつけられることもあるまい」

と利次郎の祖父の治一郎は言い、祖母の萬《まん》も孫と過ごせることに喜びを感じている風に富美には見えた。

「いいか、利次郎、大名家の上屋敷と下屋敷はまるで暮らしぶりが違う。上屋敷は二十四万石の山内家であれ、わが麻生藩の一万石であれ、公儀の意向を常にな、慮《おもんぱか》って過ごさねばなるまい。堅苦しいことこの上なしだ。その点、下屋敷はなんとも気楽でよい」

と隠居暮らしの治一郎が四つの利次郎に言った。

「父上、さようなことが分かるようなれば利次郎も奥御殿の泉水で水遊びなどしますまい」

　と娘の富美が反論した。

「それは理屈じゃな。されど山内豊敷様はなかなかできたお人ではないか。癇性《かんしょう》な殿様ならば利次郎は斬《き》られていてもおかしくあるまい」

「父上、山内家は二十四万石の大名にございます、父上が用人を務めておられた新庄家とは違います。重臣方には、殿様が寛容にすぎるといわれるお方もあるそうな。利次郎の命ばかりか、重富家が断絶することも考えられます」

「分かっておる、富美。わしが小なりといえども新庄家の用人を何年務めてきたと思うておるのだ。ともかく利次郎をうちで預かろう」

　利次郎はかくして麻生藩下屋敷に暮らすことになった。

「母上、いつむかえにこられますか」

　と富美が帰り仕度する傍らから利次郎が哀願の眼差しで尋ねた。

「そなたがお屋敷の中に出入りしてはならない場所があることをしっかりと承知された折りです」

「だからそれはいつです」

「一年後か二年後か」

と応じた富美が、

「利次郎、母が時折り爺様の屋敷に訪ねて参ります。待っておりなされ」

と言い残し、どことなく肩の荷を下ろした体《てい》で早々に麻生藩の下屋敷を辞していった。


利次郎はどこへ連れてこられたのか全く理解がつかなかった。大川の流れを越えて小名木川に入った辺りからなにか気が違う感じがするのを利次郎も分かった。さらに東に進んだ八右衛門新田界隈《かいわい》は、物売りの声一つ聞かれなかった。

最前からどこへ行っていたのか爺様が戻ってきて、縁側にしょぼんとしていた利次郎に、

「ついてこい、利次郎」

と命じた。黙って縁側から下りようとした利次郎に、

「はい、と返事をせぬか」

と爺様が注意した。

「は、はい」

「よし」

　と言った治一郎が麻生藩の下屋敷の真ん中にある瓢簞池に連れていった。江戸藩邸山内家の泉水よりも何倍も大きく、水深も深いことが利次郎にも水の色で分かった。どこからともなく赤毛の犬が現れて、利次郎に尻尾《しっぽ》を振ってすり寄ってきた。

「八右衛門新田に捨てられていた犬だ。名はない」

　と治一郎が言った。

「名なしですか、じじさま」

「おう、捨て犬の牡《おす》ゆえステ吉と呼ぶときもある」

「名がないのはかわいそうです」

「ならば利次郎、そのほうが付けよ」

「はい」

　と頷く利次郎に、

「この辺りは湧《わ》き水があるでな、どこの屋敷も池がある。利次郎、そなたが水遊びしたいときには、爺にいいえ。わしといっしょならば好きなだけ水に浸かってもよい」

大きな池の周りをぐるりと廻った治一郎が、

「瓢箪池のこちら側は殿が静養に来られる折りは立ち入ってはならぬ。まあ、さようなことは滅多にないがな」

と瓢箪池の南西側を差した。藁葺《わらぶ》きの母屋と離れ屋がある一角だった。

「おや、用人様、本日はステ吉の他に幼子をお連れですか」

と庭掃除をしていた年寄りが治一郎に尋ねた。

「富美の次男だ。城近くの上屋敷で悪さをなしたでな、わしの所に預けられた。当分わが隠居所でいっしょに暮らすことになろう。悪さをした折りは遠慮のう叱ってくれ。名は利次郎じゃ」

と治一郎が庭の草むしりをしていた年寄りに言った。

「へえ、ここなれば好き放題に悪さをしても大丈夫ですでな、利次郎様」

治一郎は性急な気性か、さっさと歩き出していた。

利次郎はぺこりと頭を下げて祖父の治一郎を追っていった。するとステ吉と呼ばれることもあるという赤犬が利次郎に従うようについてきた。

瓢箪池の南東側は、最前までいた場所とはまるで雰囲気が違っていた。治一郎が飼う兎が十数匹も草を食《は》んでおり、何十羽もの鶏が歩き回っていた。ステ吉は兎とも仲良しのようで、母親の白兎にすり寄っていった。

「じじさま、おとが一つもしません」

「川向こうの江戸とは違おう。慣れればな、極楽じゃぞ。一万石の大名の用人など城中では人間扱いではないからのう」

と四つの利次郎相手に治一郎が嘆息した。

利次郎は赤犬のステ吉、兎、鶏に囲まれた下屋敷の暮らしも悪くないかと、ちらりと思った。そして、

(おれは父上と母上からすてられたのか)

ならばステ吉といっしょだなと考え、

(ステ吉の名もわるくないな)

と思い直した。

爺じいを手伝い、五右衛門風呂を沸かし、爺じいと二人で入り、夕餉には婆ばあが秋刀魚《さんま》の焼き物と生卵をかけた熱々のめしを利次郎に食わせてくれた。

その夜、利次郎は涙を流しながらいつしか眠りに就いていた。そして、なにか

木刀で叩き合うような音で目を覚ました。

「じいじい、なんじゃ、あの音は」

「おう、起きたか。あれは木刀や竹刀《しない》で叩き合う朝稽古の音じゃぞ」

「やしきに剣道場があるのか」

「下屋敷に剣道場などあるものか。この界隈の大名四家の下屋敷の若侍たちがな、月交代で各屋敷に集まり、稽古をするのだ。むろん野天ゆえ雨が降れば中止じゃぞ」

「じいじい、見たい」

「なに、利次郎は剣術が好きか」

「けいこがしたい」

「よし、わしが笠間藩牧野様の下屋敷に連れていこうかのう」

と水をだいぶ潜《くぐ》った単衣の裾《すそ》を尻端折《しりはしょ》りした治一郎が、菅笠《すげがさ》を手に利次郎を小名木川に面した牧野家下屋敷に連れていった。

利次郎は初めて若侍たちが剣術の稽古をする風景に接した。

（じいじいの家にくらしてもいいかもしれぬ）

と思ったのはその瞬間だ。

四

利次郎にとって勝手気儘《きまま》の暮らしの日々が瞬く間に過ぎていった。

爺じいの隠居家に起居しながらステ吉といっしょに屋敷の内外を走り回り、新鮮な鶏卵をめしにかけて食し、草の生えた下屋敷の敷地に兎を連れていき、一日中動き回っていた。

朝一番には剣術の稽古が待っていた。

爺様に連れて行かれた初日、笠間藩の敷地の中で近隣の下屋敷の下士や中間が十五、六人集まって剣術の稽古をしていた。師匠はおらず好き勝手な木刀での形稽古と手造りの竹刀での打ち合い稽古だった。

「ご隠居、孫どのはまだ小さい。われらと打ち合い稽古は無理じゃ。体ができるまで木刀の一人素振《すぶ》りじゃがそれでよいか」

と年長者の門弟が、

（迷惑じゃな、いつまでもつか）

といった顔付きで言い放った。

「独り稽古でよいよい」

と祖父が利次郎の代わりに返事をして、その朝から稽古に加わった。

野天の踏み固められた道場で利次郎は、爺じいが造ってくれた木刀で見様見真似で素振りの稽古をした。それに飽きると仮想の敵を相手にエイ、ヤーと気合いを発しながら打ち込み稽古をした。最初、一日二日で尻を割り、稽古に来なくなると思ったが利次郎は必ず稽古にきた。のちに利次郎が経験する神保小路《じんぼうこうじ》の直心影《じきしんかげ》流尚武館《しょうぶかん》道場の稽古とは似ても似つかないものだったが、初めて経験する利次郎は、大人に混じって木刀を振り回すだけで剣術修行をしている気になった。

いつしか夏が過ぎ、秋へと移り、月代わりで稽古の場所が笠間藩から他藩の下屋敷へと変わった。利次郎にとってそのことも面白く、新たな年が明けて利次郎は五歳になった。

その間に母の富美が長兄の正一郎を連れて幾たびか実家の、

「じいじいの家」

を訪れた。

もはや利次郎は八右衛門新田の下屋敷の暮らしに馴染《なじ》み、裸足《はだし》で木刀を持ってステ吉といっしょに駆け回り、母を驚かせた。

「利次郎、元気なようですね、爺様の家が気に入りましたか」

「母上、利次郎をつれもどしにきたか」

「そうではありません。そなたの様子を見に参りました」

「ふーん」

と鼻で返事をした利次郎は、兄の正一郎の袴姿を見て、

「兄じゃもじいじいの家でくらしてみるか」

と誘ってみた。

兄は利次郎の傷だらけの脛《すね》や裸足のなりを蔑《さげす》むようにみて、母親に、

「藩邸にもどりますぞ」

と小声で言った。

「そどくなどというものをまだやっておるか」

「おまえはまるで在所の子のように遊びほうけておるか」

と兄弟は言い合った。

「まあ、兄じゃはひとばんとてくらせまいな」

「ご免じゃ。母上、早く戻りますぞ」

弟と兄が言い合い、富美がどことなく安堵《あんど》した顔で、

「利次郎が元気ならばなによりです。また顔を見せますでな、爺様婆様に迷惑をかけぬようにしなされ」

と言い残して小名木川に待たせていた猪牙舟で江戸へと戻っていった。

利次郎はステ吉と見送ったが猪牙舟が大川へと向かって進み始めると、

「ステ吉、行くぞ」

と声をかけ、木刀を振り回しながら江戸とは反対の方角へ、小名木川の土手道を走り出した。その両眼が潤んで春の陽射しが涙を光らせた。

(母上は利次郎のきもちをしらぬ)

と思いながら利次郎は拳《こぶし》で涙を拭おうともせず、ひたすら前に向かって走り続けた。

(ステ吉、おまえといっしょじゃ。おれはじいじいの家に捨てられた)

と胸の中の哀《かな》しみを涙といっしょに流していた。

いつしか利次郎は八歳の春を迎えようとしていた。祖父の治一郎が、

「利次郎、また新たな春が巡りくるわ。おまえの剣術は我流じゃそうな」

「がりゅうとはなんだ、爺様」

「もう八歳になる侍の子が爺様と呼ぶと富美が嫌な顔をするぞ。祖父上《じじうえ》と呼べ。それにな、剣術ばかりでのうて字をわしが教えよう。毎日これから読み書きの稽古をいたす」

と命じた。

「読み書きは嫌じゃ、剣術の稽古のときが少なくなる」

近頃では門弟衆が交代で、足腰がしっかりし背丈が伸びた利次郎を相手にしてくれるようになった。とはいえ子供が相手だ。手加減しての稽古だが、利次郎にはそれが大人になったように感じられて面白かった。

「利次郎、剣術の稽古もよい。だがな、そなたは次男とはいえ侍重富百太郎の倅じゃ。剣術も大事じゃが読み書きができねば一人前の侍にはなれぬ」

治一郎が真剣な顔で利次郎を諭《さと》した。

「爺様、いや、祖父上、おれはここで暮らす、それでよい」

「利次郎、よく聞け。この下屋敷は麻生藩の下屋敷じゃ。わしが生きておるうちはよいが、わしが死ねばもはやそなたはここには暮らせぬ」

「祖父上が死ぬのか」

「おお、人はだれもが死ぬ」

八歳になろうとしていた利次郎は、その瞬間、初めて、

「死」

を意識した。

「祖父上が死ぬのは嫌じゃ」

「利次郎、死ぬのが怖いか」

「怖い」

「侍はな、己の生き方と同じく己が死を決めねばならぬときがある。そのために剣術の稽古をして肝心を鍛錬《たんれん》いたす」

「剣術は人を斬るために稽古をするのではないか」

「利次郎、違う。己が恥知らずの所業をなしたとき、あるいは主君に不忠を働いた折り、自ら腹を搔っさばくために勇気と覚悟が要《い》る。剣術の鍛錬をなすのはそのためだ」

利次郎には祖父の言葉が半分も理解できなかった。だが、強くなり他人を打ち負かすために剣術の稽古をするのではない。己の死を乗り越えるためになすのだと、漠然と理解した。

「そのためには剣術同様に読み書きは侍の子には要る。わしが生きておるうちに

教えよう。習う気があるか」

利次郎は長いこと祖父が言った言葉を吟味し、習うと言った。

利次郎は八右衛門新田で過ごす七度目の夏を迎えようとしていた。不意に祖父の治一郎が倒れて寝込むことになった。

富美が見舞いに来て利次郎に言った。

「利次郎、鍛冶橋の高知藩江戸藩邸に戻ってようございます。本日、私といっしょに帰りますぞ」

と言った。

「母上、利次郎は祖父上のところに残ります」

「なぜです。ここはそなたの家ではございません」

「鍛冶橋の屋敷の御長屋とてうちではありません」

「なにを申されます。そなたは重富家の次男ですぞ。それに父上は御長屋から広いお庭の一軒家を頂戴なされました。広い家ですぞ、そなたも兄者といっしょですが、部屋もあります」

「兄じゃといっしょの部屋などいりません」

と叫び返した利次郎は祖父が寝込む枕元から飛び出し、木刀を手に屋敷の瓢簞池へと走っていった。そして、下屋敷を抜け小名木川へと出ると、富美が仕立てた猪牙舟が舫《もや》われて、兄の正一郎が乗っていた。袴を穿いた正一郎の腰には脇差《わきざし》があった。

「なんだ、兄じゃ、そこにおったか。なぜ祖父上の見舞いに来ぬ」

利次郎の詰問にしばし黙り込んでいた正一郎が、

「ここは二十四万石の土佐高知藩の屋敷ではない。わずか一万石の麻生藩の下屋敷じゃ」

「兄じゃ、石高《こくだか》の違いがなんだ」

「そなたには分かるまい。二十四万石の山内家と一万石の新庄家では格式が違うのだ、城中の詰の間も違うぞ」

利次郎は正一郎の考えが小賢《こざか》しく聞こえた。

「兄じゃは父上のあとを継いで奉公をなせ」

と言い放った利次郎は、小名木川の河岸道《かしみち》を東へ向かって走り出した。するとステ吉が利次郎の傍らに従った。

半刻《はんとき》(一時間)以上、下屋敷や田圃《たんぼ》のあぜ道を走り回り、ふと気付くといつも稽古をなす大名家の門前に出ていた。そこでは立派な乗り物が到着して殿様や奥方様が姿を見せたところだった。

夏の陽射しが西に傾きかけ、八右衛門新田の黄色く色付き始めた田圃の光景を殿様と奥方様は眺めていた。

ふと殿様の眼差しが利次郎に向けられ、犬を伴った少年を凝視した。

「おお、そのほうは百太郎の次男利次郎ではないか」

と殿様が声を掛けた。

「は、はい」

と応じた利次郎は殿様がだれか分からなかった。

「予が分からぬか。ここは山内家の下屋敷じゃぞ。そのほう、未だ裸同然の姿で下屋敷の池で水浴びしておるか」

との言葉を聞いて、あっ、と驚きの声を洩らした利次郎は、何年にもわたり稽古に通ってきた下屋敷がなんと父の奉公する高知藩、いや、山内土佐守家の下屋敷であることに気付かされた。

「殿様、もはや奥御殿の泉水で水浴びはしておりません。こちらには剣術の稽古に時折り通わせて頂いております」

「そうか、そなたの祖父は新庄様の家臣であったな。あの折りのことが原因《もと》でそのほうは爺様の屋敷においやられたそうな。予はさようなことは望んだことはない。利次郎、いつなりとも鍛冶橋の屋敷に戻って参れ」

豊敷は利次郎に言うと下屋敷にすたすたと入っていき、利次郎に会釈をした奥方も殿様に続いて姿を消した。

（まさか隣屋敷が父上の、いや、高知藩下屋敷であったのか）

と利次郎が迂闊《うかつ》を悔いていると、一人の奥女中が利次郎を見詰めているのに気付いた。

夏の夕暮れの光に白く透き通るような肌の奥女中など、利次郎は思い当たらなかった。だが、どこかで見かけた顔だった。

「ああー」

利次郎の五体に衝撃が走り抜けた。

（春乃ではないか、眼の前に春乃がおる）

眠れぬ夜、春乃の顔や声音を思い出していると、安心して眠りに就くことが出来た。だが、利次郎が知る春乃は、娘々していた。いま利次郎の眼の前にいる奥女中は大人に見えた。

「思い出されましたか」

「春乃さん、じゃな」

「はい。利次郎さんの知っておられる春乃ですよ」

「知らなかった。祖父上の隠居所の隣屋敷が高知藩の下屋敷とは、今の今まで気付かなかった」

「私はお隣が麻生藩の下屋敷と承知していました」

「なに、この下屋敷には何度も訪ねてきたのか」

「はい。利次郎さんがこちらに来て幾たびか、お殿様や奥方様のお供で参りました」

「そうか、殿様がお見えの折りはこの屋敷では剣術の稽古はせぬでな。会うこともなかったか」

「いえ、私は利次郎さんの母上からお聞きして承知していました」

「ならばなぜ声を掛けてくれなかった」

「利次郎さんは鍛冶橋御門の藩邸よりこちらの下屋敷での暮らしを楽しんでおられました。ならば声を掛けずにそっとしておこうと思うたのです」

「こたびは殿様が気付かれたゆえ声をかけたか」

いえ、と春乃が顔を横にゆっくりと振った。すると利次郎の鼻に、冷たい湧き水に花の香りが加わったような匂《にお》いがした。

「春乃」

と女の声がして、利次郎が知る老女克子が門前に立って春乃を招いていた。

「利次郎さん、私どもは三日下屋敷で過ごします」

「会うときがあればよいな」

と利次郎が応じて目顔で、ゆけ、と命じた。

その夜、祖父治一郎の容態が急変し、夜明け前に亡くなった。隠居の治一郎だ、ひっそりと通夜と弔《とむら》いが行なわれた。

なんと弔いの席に春乃が姿を見せた。

その場には重富百太郎と富美、兄の正一郎もいた。百太郎が驚きの表情で春乃を迎え、

「奥御殿の春乃様であったな。ご丁寧《ていねい》に弔いにお出で頂き恐縮でござる」

と百太郎が義父の弔いに姿を見せた春乃に挨拶《あいさつ》をなした。

「重富様、私の一存ではございません」

「と申されると」

「殿様の命でございます。利次郎の祖父が身罷《みまか》ったそうな、春乃、予の代理を務めよ、と命じられたのでございます」

「と、殿がさようなご高配を、なにゆえでござろうや」

と百太郎は自問するように言った。

「殿様は六年前、江戸藩邸の奥御殿の泉水で会った利次郎様のことを常々気にかけておられました。幼い子が奥御殿に入り込んだことは警護方の怠慢に他ならぬ。それを利次郎は教えてくれた、と夏になると幼かった利次郎様のことを懐《なつ》かし気に思い出して申されます」

「なんと殿がさようなことまで」

春乃の言葉を聞いて身の置き所がないほどに百太郎は驚いた。

春乃の眼差しが利次郎に向けられた。

「利次郎様、殿からの御伝言でございます」

「なんであろう、春乃さん」

「殿は『利次郎、鍛冶橋の藩邸に戻ってこよ』とのことでございました」

頷いた利次郎の視線が身罷った祖父へ向けられた。利次郎の胸中に治一郎の声が響いた。

（そう、御女中が申されるとおり父と母のもとへ）

「春乃さん、殿様にお伝え下され。利次郎は近々殿様のお屋敷に戻りますと」

利次郎の返事を聞いた春乃が頷き、辞去の構えを見せた。

「利次郎、春乃様をお屋敷の門前まで見送り申せ」

と百太郎が命じた。頷いた利次郎に祖母が身罷った亭主の脇差を差し出し、

「利次郎、これを差して参りなされ」

と二人を送り出した。

「春乃さん、驚いたぞ」

「最初に殿や私を驚かせたのは利次郎様です」

「未だ何年も前のことが尾を引くか」

ふっふっふふ
と笑った春乃が、

「お殿様はね、あの頃の利次郎さんの無邪気が羨《うらや》ましかったのですよ」

「なに、よだれかけ一枚の利次郎が羨ましかったか」

「はい。殿様は物心ついたときから沢山のご家来衆や老女衆に囲まれて、『あれはしてはなりませぬ』、『さようなことは下々のすることです』といわれて、利次

郎さんのように一人奥御殿の泉水に入り込み、無心に鯉と戯《たわむ》れていることなど、夢のまた夢です」

「なんとのう、殿様はさようにも気ままな暮らしが出来ぬか」

「お出来になりません」

二人は麻生藩下屋敷の門前に辿《たど》りついていた。通用口に提灯が点され、乗り物が待機していた。

「奥方様の乗り物にございます。殿の代役ゆえ乗ってゆけとお許しを得ました」

と春乃が言い、

「利次郎さん、春乃の行儀見習いは鍛冶橋御門の藩邸に戻った翌日に終わります」

「なに、おれが、いや、利次郎が藩邸に戻っても春乃さんはおらぬか」

「はい」

と答えた春乃が利次郎の手を軽く触り、

「六年ぶりの利次郎さんの手の温もりですね」

と言ったあと、間を置いた。

「利次郎さん、春乃は家に戻り、嫁に行きます」

利次郎はその言葉に両眼を閉ざすと、混乱する頭の中から、

「幸せにな」

と絞り出した。

重富利次郎、十歳の夏の夜、淡い想いが搔き消えた。

第二話　霧子の仇

一

江戸から遠く高野山《こうやさん》の麓《ふもと》、内八葉外八葉《ないのはちようげのはちよう》と呼ばれる雑賀衆《さいかしゆう》の姥捨《うばすて》の郷《さと》で霧子《きりこ》と呼ばれる幼女がのびのびとした暮らしをしながらも、父母のいない自分がこの郷でも特異な存在ということを意識し始めていた。

霧子の仲間達には、

「おっかあ」

と呼ばれる身内がいた。

男衆《おとこし》の大半は半年に一度か一年に一度、盆か正月にしか戻ってこない。女たちと老人と子供の住む姥捨の郷で霧子は、母を知らず父を知らず育ってきた。この郷では一族全体が身内であり、霧子にとってどこの家もが自分の住まいだった。

それでも盆暮れがくると「おとう」が郷に戻り、賑やかになった。だが霧子が住む三婆《さんばば》の一人、お米《よね》婆の家にはだれも戻ってこなかった。

あるとき、霧子は婆様に尋ねた。

「おばば、なぜわしにはおっかあもおとうもおらぬ」

お婆が霧子を見て、

「霧子、そなたは余所者じゃ。海のある摂津堺《せっつさかい》から拐《かどわか》されて放浪者の下忍《しのび》雑賀衆泰造《たいぞう》一味に連れてこられた娘じゃ。霧子の名も一味がつけた名じゃ」

「わしはこの郷の生まれではないのか」

「ない。拐されてきた娘じゃ」

「かどわかされる、とはどんなことじゃ」

「霧子、もう少し待て。大きくなったら教えよう」

三婆の一人お米婆が霧子を諭すように言った。霧子はしばし無言で考えていたが、

「霧子はよそものか」

と初めて知らされた事実に驚きの顔で呟《つぶや》いた。

「よそから連れてこられた娘はおまえだけではないぞ。そなたの生まれ郷はこの雑賀衆の姥捨の地だ。そなたの身内は姥捨の郷の衆すべてじゃぞ」

霧子は皆の家々のようにおっ母がいてお父が戻ってくる家が羨ましかった。だが、お米婆に訴えてもどうにもならぬことも察した。

霧子は雑賀衆の郷を流れる川辺で物思いに耽《ふけ》ることが多くなった。霧子の頭の中に靄《もや》がかかり、

「遠い出来事」

が潜んでいることを知っていた。

霧子が欲しいのは「おっ母」の肌の温もりであり、京のことを話す「お父」のぼそりぼそりとした言葉だった。霧子にその二つがないのは、

「遠い出来事」

と関わりがあると思った。

霧子は村の年寄りや娘たちといっしょに丹生《にう》川の流れで魚を獲り、山に入って通草《あけび》や山葡萄《ぶどう》を摘み、茸《きのこ》を採っては郷へと持ち帰った。

ある年の正月が明けたとき、男たちの姿が一斉に消えた。

霧子はお米婆に訴えた。

「おばば、わしのおとうはなぜおらぬ。おばばは大きくなったらわしに教えるというたがや」

「知りたいか」

　霧子が頷くとお米婆はしばし考えた。

　そして決心したように白衣《びやくえ》に着替えて、梅衣《うめごろも》のお清《きよ》と安江《やすえ》婆の三婆と集い、年《とし》神《がみ》様の家へ霧子を連れていった。干柿を貢物に供えて、姥捨の郷の長老であり、年神様とも呼ばれる雑賀聖《しょう》右《え》衛門《もん》に祈禱《きとう》をなすことを願った。直《す》ぐに祈禱師が呼ばれた。長いこと京へ出稼ぎに行き、祈禱を学んだという九十《くと》七《しち》という名の老人だった。

「霧子、おまえのおっ母は村の女たちじゃ、おっ父は盆暮れに戻ってくる男たちすべてが、そなたのおっ父と思え」

「九十七様、わしの朋輩はみな、おっかあとおとうがおる。わしにはおらぬ。そのいわれを知りたい」

　祈禱師の九十七はしばし無言で霧子を見ていたが、

「知ったところでそなたの悩みは消えぬ」

「それでもよい、知りたい」

と願った。

九十七は三婆の一人の梅衣のお清婆に、

「この娘、月のものはまだじゃな」

と尋ねた。

「年神様、まだでございますよ」

とお米婆が答えた。

祈禱師九十七の眼差しが霧子に向けられた。

「よかろう。霧子、お米婆といっしょに滝に打たれて身を清めて戻ってこよ。三日三晩、そなたはお父とおっ母を知ることになる。じゃが、霧子、よう聞きなされ。そなたの父と母とは祈禱の間だけしか会うことができぬ。それでもよいか」

「それでもよい」

「霧子、三日三晩ののち、そなたのお父とおっ母は掻き消える。そなたの頭にはなにも残らぬ。それでもよいか」

と念を押した。

「年神様、それでよい」

祈禱師の九十七が祭壇の前に火を燃やして御幣《ごへい》を振って悪を祓《はら》い、滝の水で斎《さい》戒《かい》し白衣に着替えた霧子を火が燃え盛る前に横たえさせ、両手を胸の前で組み合わさせた。

「両眼をかるく閉じよ」

「こうか」

「もはや口を利いてはならぬ。口を利けば祈禱は果てるぞ」

霧子は頷いて両眼を閉じた。

九十七の口から霧子が初めて聞く雑賀衆経文が詠じられ始めた。緩《ゆる》やかな抑揚《よくよう》の調べは淡々と続き、その合間に火に向かって振られる御幣が、霧子の体の上に焰《ほむら》を包んだ風を送り込んだ。

霧子はいつの間にか眠りに就いていた。

いずことも知れぬ時の流れと広大な空間を浮遊していた。

潮の香りが漂って、聞いたこともない訛《なま》りの言葉が発せられた。大きな薬種《やくしゅ》問屋の店の前で遊んでいた。

「お嬢はん、遠くに行ったらいけしませんえ」

と付添いの女が言った。

お店には日焼けした男衆によってたくさんの荷が運び込まれ、お店の奉公人たちがその荷を解いて、香りを嗅《か》いだり、手でもんだり、口で舐めて確かめたりしていた。

「番頭はん、どないや」

「旦那《だんな》様、到来品の薬、上物だす」

「上物な、気つけて調べんとあきまへんえ。肥前《ひぜん》の商人はなかなか強《したた》かや」

と番頭に注意した旦那様が娘を見た。

「おみや、気つけなはれ。大八車《だいはちぐるま》がくるさかいな」

（おお、おとうか。うちの名はおみやか）

おみやはそう思った。

「旦那様、おみやお嬢さんはよう動かれます」

「おみやは元気過ぎますでな、注意しなはれ」

とお父が付添い女中に注意した。

おみやはお店の前から潮の香りがするほうへとよちよちと歩いていった。すると付添いの女が、

「お嬢はん、湊《みなと》にいったらあきまへん」

と言いながら追いかけてきた。

（みなとってなんやろ）

おみやは潮の香りに菜種《なたね》油や香辛料の匂いが雑多に混じった「湊」に歩いていった。付添いの女子がおみやの帯を摑んで、

「ちょっと見るだけです」

と注意した。

湊にはおみやが見たこともない大小様々な船が泊まり、賑やかに荷下ろしや荷積みが半裸体の男たちの手で行われていた。

「あれはなにか」

「お嬢はん、帆船《ほふね》です。肥前長崎からきた船です、江戸には内緒やけど唐人船《とうじんぶね》です」

と言い、

「ほふねほふね」

とおみやが繰り返した。

その夜、おみやはお父とおっ母、姉たちと混じって夕餉をとり、姉たちの間に

床を敷きのべて眠りに就いた。

　居間からはお父とおっ母の話し声がしていた。

「おみやはなんでも見たがりますな、店の薬も手で舐める真似をしておりましたえ」

「姉たちとは気性が違いますな。だれに似たのやら」

「どんな娘に育つのでしょうか」

「さあてな」

「おまえ様、うちの井戸浄めにきた伊勢の巫女《みこ》がおみやの顔をじいっと見詰めていましたんや」

「うむ、伊勢の巫女がな、なんというた」

「お内儀はん、この娘御の顔には波乱万丈の相が出ております、というたのです」

「なんやて、波乱万丈の相て、伊勢の巫女がさようなことをいうたか」

「なにか言いかけて途中で言葉を止めて、押し黙ってお浄めの祓いを始めたんです。なんやら不安ですな」

　おっ母がお父に訴えた。

「占い師はあれこれいうて金稼ぎをしよるわ」

「伊勢の巫女はんは占い師と違います」

おっ母の言葉にお父が黙り込んだ。

おみやはいつの間にか眠りに落ちた。


不意に叫び声でおみやは目が覚めた。

黒い人影が刀を振るい、お父を斬りつけていた。おっ母は別の黒衣の男に刺されていた。

（たいへんなことが起こった）

おみやは寝間から縁側に這い出すと雨戸が一枚だけ開かれたところから庭に転がり出た。手水鉢《ちょうずばち》の陰で身を潜め、黙って震えていた。声を上げてはならぬ、とおみやは思った。

家の中からは押し殺した呻《うめ》き声や叫び声が起こった。そのうち、炎が上がった。

おみやは手水鉢の陰から庭に造られた小さな池へ身を移した。

ばらばらと黒衣の一団が庭に飛び出してくると、

「泰造のお頭《かしら》、意外と隠し金が少のうございますな」

と女の声が言った。

「おてん、どこぞに隠し蔵があろう。今宵《こよい》は時間《とき》がない。堺の町衆が動き出す前に逃げるぞ」

と泰造のお頭が言い、おてんと呼ばれた娘が、

「お頭、娘が一人残っておりましたぞ、始末します」

「幼いな」

と言った雑賀衆下忍のお頭雑賀泰造日根八《ひねはち》が、

「おてん、おまえの妹にせよ、連れていけ」

と命じた。

「お頭、面倒です」

「わしの命が聞けぬか、おてん」

泰造の一喝におてんがおみやの傍らにより、炎の灯りで、

「この娘、強かな面付きですぞ」

と言い放つとおみやを横抱きにし、

「強かか、よかろう。名は霧子じゃ」

と泰造が命じた。

霧子はとろりとろりとした眠りの中で段々に覚醒《かくせい》していく自分を感じた。

不意に祈禱師の九十七の声が響き渡った。

「年神様、三婆様、何年かぶりに泰造一味の下忍どもが帰ってきおったわ。泰造
日根八が戻ってきおったわ」

九十七の祈禱は中断した。

「祈禱師様、なにがあった」

「霧子、そなたを姥捨の郷に連れてきた放浪者雑賀泰造日根八一味が戻ってきお
った」

と答えたのは年神様の聖右衛門だ。そして、

「急ぎ若い娘たちを高野山に上がらせよ」

と三婆に願った。

これまでの経験から姥捨の郷から若い娘や女房、年寄りを除いた男たちに空海
上人の神域高野山へと避難することを命じたのだ。

「霧子、おまえも山に登れ」

「年神様、聞きたいことがある、わしは郷に残る」

「霧子、そなたの父母のことを聞きたいか。そなた、父と母に会ったであろうが」

「夢は途中で終わった」

と霧子は虚言を弄《ろう》した。父と母は雑賀泰造一味に殺されたことを、もはや祈禱の中であった出来事で承知していた。

霧子の胸の中に漠然とした考えが生じていた。

（身内を、お父、おっ母と姉たちを殺した泰造日根八一味に仇を討つ）

そんな決心がだ。だが、この考えはしばらく自分の胸に秘めておくことだと思っていた。年神様にも祈禱師にも三婆にも知れてはならぬことだ。

八年前、雑賀衆の一派雑賀泰造日根八ら十七人が、泉州堺湊から三歳の霧子と呼ばれる娘を連れて姥捨の郷に逃げ込んできた。泰造一派は雑賀衆下忍と称していたが、盗み、押し込み、犯し、火付け、殺しと悪行三昧《ざんまい》に生きる流浪の雑賀集団だった。

この者たちが初めて姥捨の郷に現れたのは、霧子と呼ばれる幼子を連れてきたときのことだ。

最初、姥捨の郷では同じ雑賀衆というので歓待したが、毎夜酒を飲んでは雑賀衆の女を犯すことを始め数々の悪行を繰り返したことで、年神様と三婆が京、大坂に出ている男たちに密かに連絡《つなぎ》をとり、その男たちが泰造一派を追い出した。その折、霧子と呼ばれた娘は姥捨の郷に残されたのだ。そんな背景があっての年神様の命だった。

「山に登らぬとあやつらに犯されるぞ。あやつらは雑賀衆と称しておるが、われらの仲間ではない。ただの押し込み強盗どもだ」

「年神様、わしは大丈夫じゃ」

頑固に言い張る霧子に年神様は忠言を述べた。

「霧子、そなた、男の形《なり》をして己をわしと呼ぶんじゃ、男言葉をあやつらの前で使い通せ。少しでも怯《おび》えた真似を見せたら、あやつらに犯されるでな」

「分かった」

お米婆と霧子は家に戻ると竈《かまど》の炭を顔に塗りたくり、古びた筒袴と木綿の綿入れを着込んで、姥捨の郷の中心の広場に立って雑賀泰造日根八一味が姿を見せるのを待った。その手には山刀があった。

馬蹄《ばてい》の音が轟《とどろ》き、山道から雑賀泰造一味が姿を見せた。広場に駆け込んできたのは、泰造とおてんらの五人だった。残りは徒歩か。

泰造が姥捨の郷に姿を見せたのは八年ぶりだった。

「変わらぬな、姥捨の郷は」

「お頭、広場の真ん中に男が山刀を手にわれらを待っておりますぞ」

「たれぞ、馬の脚で踏みつぶせ」

一人の男が手綱《たづな》を緩め、馬腹を足で蹴ろうとした。

「泰造日根八、なぜわしを置いて逃げおったか」

霧子が質した。

「うむ」

と泰造日根八が霧子を見た。

「わしを呼び捨てにするはだれか」

「雑賀霧子」

「なに、おんし、霧子か」

「待っておった」

という言葉を姥捨の郷の衆も泰造日根八も勘違いして受け止めた。

二

姥捨の郷での霧子は散切りに髪を詰め、常に腰に山刀を携帯して、雑賀衆の娘としてこれまで以上に稽古に励んでいた。だが、泰造一味を迎えた霧子の言葉によって、

「霧子はやはり泰造一味の配下ではないか」

とか、

「お米婆、霧子はやはり余所者じゃ、油断はならんぞ」

などと年神様や三婆に告げ口する年寄りもいた。だが、年神様の聖右衛門は、

「いや、霧子はわしの忠言を守っておるのだ。案ずることはない」

と霧子を支持した。

姥捨の郷で長老たる年神様は絶対だった。腹でどう思っていようと苦言を表立って口にする者はいなくなった。

霧子は姥捨の郷と高野山に逃れた娘や若女房たちの間の使いをしながら、内八葉外八葉の山をまるで獣のように走り回り、物の怪《け》に憑《つ》かれたように動き回って

体を鍛えていた。

一方、雑賀下忍の泰造一味とも平然と交わったが、姥捨の郷の食料を奪って飲み食いする場に霧子が加わることはなかった。

その雑賀衆だが、どこからか連絡《つなぎ》がくるのを待っている風情《ふぜい》があり、姥捨の郷の年寄りや子供に悪さをすることがなかった。

段々とその年の瀬が近付いてきた証《あかし》のように姥捨の郷に初雪が降った。

その朝、年神様、三婆に神殿に呼ばれた霧子は高野山に使いに行くように命じられた。

「男衆もそろそろ姥捨に戻ってこよう。こたびは泰造一味も大人しい。霧子、山に上がった女たちに郷に下りるようにいうてくれ。根雪になる前に郷に戻れとな。そなたが案内方を務めなされ」

霧子は年神様の言葉を黙って聞いた。だが、直ぐに行動を起こそうとはしなかった。

「どうしたのだ、霧子」

「年神様、もう少し待って男衆が郷に戻ってからのほうがよくはないか」

「泰造一味は信用できぬというか」

「ああ、あやつら、山から女衆《おんなし》が下りてくるのを待っておる」

「霧子、長老様の言葉じゃぞ、聞けぬか」

三婆の安江婆が霧子を非難するように言い、

「泰造一味とも付き合い、信用ならぬのはおまえのほうじゃ」

と言葉を添えた。

お米婆がなにか言いかけ、梅衣のお清に止められた。

「泰造一味に姥捨の内輪もめを知られてはならぬ。姥捨の郷は一致団結して泰造一味に向き合う。男衆が京から戻ったとき、あやつらを追い出す」

年神様が決然とした口調で言い、傍らの山刀を摑んだ霧子は山登りの仕度をした。綿入れを着た上に猪革の袖《そで》なしを着込み、足元を厳重に固めると頬被《ほおかぶ》りをした上に菅笠を載せてしっかりと顎《あご》で紐《ひも》を結んだ。

年神様と三婆に一揖《いちゆう》すると真白な広場に飛び出した。霧子は広場に足跡を残し、山へと分け入っていった。だが、その足跡も直ぐに降り積もる雪に消えよう。

「年神様、霧子は泰造一味とも話をしおる」

「なにか考えがあってのことだ」

三婆の安江婆の疑いの言葉に年神様にして長老の雑賀聖右衛門が反論した。

「見よ、泰造手下のクソ蝿《ばえ》の六輔《ろくすけ》と狐《きつね》の瓢吉《ひょうきち》が霧子を追っていくぞ」

とお米婆が心配げに告げた。

たしかに六輔と瓢吉の二人が、霧子が雪の上に残したわずかな足跡を追っていくのが見えた。六輔の腰には刀が差され、瓢吉は手槍《てやり》を携えていた。

「お米婆、霧子は姥捨の娘の中でだれよりも山修行で足腰を鍛えておる。あの二人など振り切って空海上人のお山の女衆のところにいくわ」

と年神様が言い切り、梅衣のお清も頷いた。

霧子はクソ蝿の六輔と狐の瓢吉が追ってくるのを承知していた。だが、霧子は二人が内八葉外八葉の恐ろしさを知らぬと思った。

霧子の手にはお米婆が造ってくれた猪革の手袋が嵌《は》められていた。

高野山への山道を初雪が消していた。

だが、霧子は山がうっすらとした雪に隠されていても山の地形や木々の生え具合からどこをどちら方向へ歩いているか承知していた。霧子はわざと姥捨の郷から高野山への歩き慣れた三本の山道のどれもを外し、獣道に二人を誘い込んでいた。

突然雪が降り始めた。

だが、霧子の足の運びは変わりがない。後ろから追ってくる六輔と瓢吉の弾む息を背後に感じながら霧子は足の運びを速めた。

(泰造らはなにかを待っている)

だが、霧子にはだれかを待っているのか、あるいは追っ手から身を隠すために姥捨の郷の外れのお蚕《かいこ》屋敷に潜んでいるのか推量がつかなかった。泰造一味にとって乗ってきた五頭の馬の餌を調達するには年神様ら郷の者の助けが要った。ために郷では大人しくしていることを承知していた。

霧子は馬五頭の餌やりや藁床の掃除を自ら望んで、段々と五頭の馬と慣れていった。その中でも白毛のシロスケと呼ばれる馬とは気が合い、シロスケも霧子が厩に入ると嘶《いなな》いて霧子を迎えた。

ともあれ泰造一味はなにかを待っていた。だが、雪が降ったことで泰造らは姥捨の男たちが京、大坂から戻ってくる前に立ち退《の》くことが難しくなったと思った。ならば大人しく冬を姥捨の郷で過ごすのか、霧子にも察しがつかなかった。

霧子の前に雪に覆われた谷間が忽然《こつぜん》と現れ、行く手を塞《ふさ》いだ。

猪越《ししごえ》の谷と呼ばれる峡谷は切り立っており、十数丈の下には岩場の間を急流が流れていた。だが、今は雪に覆われて猪越の谷の危険を隠していた。

霧子は雪を被った山毛欅の老木に結び隠した蔦葛の紐を手にすると気配もなく谷間に身を躍らせ、谷の向こう側の斜面に飛び下りた。だが、蔦葛の紐は手離すことなく銀杏《いちょう》の老木の枝に巻き付けた。

　向こう岸の斜面に六輔と瓢吉が姿を見せて、

「霧子の足跡が消えたぞ」

「雪で隠されたのじゃ、よう探せ」

　と言い合う声が風に乗って聞こえてきた。

「谷は深いぞ」

「谷に下りたわけではあるまい」

「ならばこの近くに潜んでいよう」

「よし、探し出して霧子の味見をしてみようか」

「お頭に止められておろうが、クソ蠅」

「おまえがやらんなら、わしが二度三度と味見をしよう」

（馬鹿めらが）

　霧子が胸の中で吐き捨てると谷の下を覗《のぞ》き込む二人を見ながら、再び蔦葛を摑んで虚空に舞った。最前よりも数尺上の蔦葛を握っているために、雪が降る谷間の上を飛来する霧子の気配を六輔と瓢吉は察することが出来なかった。

うむ

とそれでも気配を感じたか、クソ蝿の六輔が谷底を覗く顔を上げた瞬間、頭上を飛んでいく霧子の姿を、

ちらり

と見た。

「な、なんだ、あれは」

「猿か」

六輔と瓢吉が振り向きながら言い合った。

そのとき、霧子の左右の足が二人の背を蹴り飛ばして、

「嗚呼《ああ》――」

と二人が悲鳴を上げながら猪越の谷底へと転がり落ちて消えた。

内八葉外八葉の中でも、姥捨川の上流の猪越の谷間は深く谷底にはごつごつとした岩場があった。

二人が怪我《けが》一つ負うこともない幸運に恵まれたとしても、雪と凍水が流れる猪

越の谷間に凍死するしかあるまいと霧子は思った。

霧子は蔦葛を枝に結び、六輔と瓢吉が手放した刀と手槍を拾うと谷底へと蹴り込んで、三度蔦葛を摑んで谷間を超えた。


二日後未明、雪は止んだ。

鈍い雲が厚く覆う空の一角から西日が射《さ》し込む夕刻、霧子は高野山の宿坊に身を潜めていた娘や若い女房や子供たちを連れて、姥捨の郷に戻ってきた。

久しぶりに姥捨の郷で賑やかに、女や子供の声が響いた。

その夜、霧子は泰造日根八が住まいを許されたお蚕屋敷に呼び出された。

「なにか用事か、お頭」

「霧子、山でクソ蠅の六輔と狐の瓢吉を見かけなかったか」

「雪が降ったお山に入ったか」

「お頭が尋ねておる、答えよ」

霧子は反問した。

おてんが霧子に尖《とが》った声で言った。

「知らぬな。わしは高野山に上がったが、お山は郷と違い、雪が深いぞ」

「見かけてはおらぬのだな」

「お頭、雪の内八葉外八葉に入るのは死にに行くようなものだ。それとも二人してどこぞに逃げたか」

「なぜ逃げる」

「お頭、雑賀衆三百余人が二日後には戻ってくる」

と霧子が知りもしない情報を弄した。

「なに、今年はいつもより早いではないか」

「雪がいつもの年より早く降ったのだ。雑賀の衆は京大坂にいても、とくとそのことを承知じゃ」

「二日後か」

となにかを迷うように泰造が言った。

「お頭、連絡《つなぎ》もこの雪では遅れよう。どうしたものか」

腹心の大蛇《おろち》の木之助《きのすけ》が泰造に言った。険しい眼差しで制した泰造が、

「霧子、わしらと姥捨を出るか」

と霧子に尋ねた。

「以前はわしを捨てていったたな。こたびは連れていくというか。一晩考えよう」

「霧子、おまえが来ぬというのなら、今晩何人か娘と女房をお蚕屋敷に寄越せ。そう聖右衛門に告げよ」

「この姥捨で悪さをするというか。年神様や三婆様が許すまい」

「郷におるのは年寄り、女、子供じゃ、なんのことがあろう。手下どもは酒も飲めない郷に苛立《いらだ》っておるでな、なにが起こっても知らぬぞ」

「わしが行けば、姥捨の女衆に悪さはせぬか」

「考えよう」

と泰造日根八が言った。

「わしも考えよう」

と言い残した霧子がお蚕屋敷を出ていった。

霧子は三婆様といっしょに長老の年神様に会った。

「年神の聖右衛門様、霧子が話をしたいというだ」

お米婆が口火を切った。

「泰造に呼ばれたな、なにを言われた」

と年神様が霧子に質した。

「今宵、わしにお蚕屋敷に来いと命じられた」

「行く気か」

と三婆の安江婆が喚くように霧子に質した。

「わしがいかなければ、お山から下りてきた女衆を数人寄越せと言うた」

「おのれ、男衆がまだ戻ってこぬと思うて脅しおるか」

「年神様、わしは二日後に男衆らが姥捨の郷に戻ってくると告げた」

「だれが二日後と言うた」

とお米婆が霧子に聞いた。

「わしの出まかせじゃ。あやつらが姥捨の郷におるのはなんぞ狙《ねら》いがあるからだ。それでわしは二日後と言うた。わしが今宵行けば、泰造一味は今宵にもお蚕屋敷を出るかもしれん」

「なぜそう思うか」

と年神様が聞いた。

「泰造日根八の狙いは、丹《たん》(水銀)の代金じゃ」

「な、なんと言うた。丹の代金を奪うために姥捨の郷に潜んでいるというか」

かつて鉄砲集団として紀伊《きい》一円に武名を轟かせた雑賀衆は、高野山の麓内八葉外八葉の姥捨の郷に拠点を設けて生きてきた。その一族の生計《たつき》はこの姥捨の郷近くで採掘される丹であった。この丹を、京を始め近畿一円で販売するのが男衆の役目だった。盆暮れに戻る雑賀衆の懐には、丹の代金がしっかりと納められていた。

一方泰造日根八を頭にした雑賀下忍は、郷に根付くことなく流れ者に堕し、押し込み強盗などで暮らしを立てていた。それでも出自は同じ雑賀衆、ゆえにこれまで泰造日根八一味を姥捨の郷に寄宿させてきた。

「泰造め、われらの生計に手をつけおるか。されど男衆頭の雑賀草蔵《そうぞう》らも一騎当千の面々じゃぞ」

「年神様、今年は京におる女衆も姥捨に戻る年ではございませぬか」

「おお、京のお兼《かね》に狙いを定めたというか」

年神様の言葉に三婆の長、梅衣のお清の顔に不安が漂っていた。

霧子は懐から紙包みを出すと年神様と三婆の前で広げた。そこには髷《まげ》と小指が二つずつ入っていた。

「これはだれのものか」

「年神様、わしをクソ蝿の六輔と狐の瓢吉がつけてきたな。あやつらを猪越の谷に蹴り落とした。だがな、ふと気付いてあやつらが泰造の狙いを承知かもしれんと猪越の谷底に下りた。瓢吉は事切れていたが、六輔は生きておった。助けてやる代わりに泰造日根八の狙いを問い質した」

「それで最前の話を知ったか」

「狙いはお兼様の懐の丹の代金じゃ」

ふーっ
と深い息を吐いた年神様が、

「六輔はどうなったか」

と質した。

霧子の視線が汚れて冷たくなった小指に向けられた。

年神様の屋敷に長い沈黙のときが流れた。

「霧子、どうする気か」

霧子を育ててくれたお米婆が尋ねた。

「お婆、世話になった。わしは泰造日根八一味と姥捨の郷を出る」

「出てどうしようというのか」

年神様が尋ねた。

「泰造がわしに狙いを付けたのは、京のお兼様を安心させるためだ」

「霧子に道案内をさせてお兼様の道中を襲う気か」

「わしはお兼様がいつ京を出て姥捨の郷に入るか知らぬ」

「泰造を騙《だま》せると思うてか」

「分からん、やるしかあるまい」

「騙し通せなかったとせよ。泰造はそなたを許すまいぞ、殺すぞ」

「わしはもう泰造の手下を殺《あや》めたわ、反対にわしが殺されたとしても致し方あるまい。じゃが、年神様、三婆様、わしは泰造一味を決してお兼様のもとへは導きません」

「霧子、そなた、命をかけて泰造一味をどこぞに案内し、そのうえで逃げ出してくると申すか」

「そう簡単には泰造一味がわしを見逃すとは思えん。やつらの旅にしばらく同道することになろう」

と霧子が言い切った。

再び重い沈黙が場を支配した。

不意に立ち上がった年神様、雑賀聖右衛門が隣りの部屋に入り、長いことなにかを探していた。そして、文箱を手にして居間に戻ってくると、一通の女文字の書状を取り出した。

「これは二年前、お兼がわしに寄せた文じゃ、京を出る日にちと道筋が書いてある。今年の道筋とは違うが、そのことに泰造日根八が気付くとも思えまい。こやつを泰造に渡して、泰造を引きずり回せ」

と霧子に差し出した年神様が、

「決して命を粗末にするでないぞ、霧子。そなたの故郷はこの姥捨の郷じゃということを忘れるでない」

と言った。

霧子が平伏して書状を受け取ると頭を下げたまま、

「年神様、三婆様、さらばでございます」

と挨拶し、いざりながら後退し、年神様の屋敷から姿を消した。

三

江戸の鍛冶橋御門を抜け、鍛冶橋の架かる外堀を渡ると町屋が始まる。

御堀に沿って南は一丁半も行くと比丘尼橋《びくにばし》にぶつかる。京橋川を外堀とつなぐために開削され、架けられた橋だ。その小さな橋を渡らずに北紺屋町の河岸を東へ向かうと中之橋、そして京橋に行き当たる。日本橋を起点にした五街道の一、東海道の二番目の橋である。さらに堀沿いに三年橋、白魚橋と続き、南北に掘削された楓川と東西に延びる八丁堀とが交差し、楓川の南端にある弾正橋を渡ると本八丁堀の町屋が広がる。さらに東に八丁堀が控えていた。

そんな町屋に一刀《いっとう》流村上《むらかみ》道場があった。

道場主は先代が元西国大名の家臣と伝えられ、当代は五十を一つ二つ超えた朴《ぼく》訥《とつ》な人柄と丁寧な教えが評判の村上吉左衛門義稙《きちざえもんよしたね》だった。

川向こうの麻生藩下屋敷の祖父の隠居所から鍛冶橋御門内の土佐高知藩江戸藩邸に戻った重富利次郎は、父に連れられて一刀流村上道場に入門し、すでに三年が過ぎていた。

高知藩江戸藩邸に藩道場はあった。だが、稽古に出るのは家臣の他に家臣の嫡男ばかりで、父親の百太郎は町道場への入門手続きを利次郎が江戸藩邸に戻ってきた折り、すでに取っていた。

利次郎は藩邸道場で稽古をするものとばかり思っていた。だが、長男の正一郎が利次郎といっしょに通うのを嫌い、父親に訴えたことを後々に利次郎は知ることになった。一方、利次郎には村上道場に通うことのほうがなんとも気が晴れることだった。大名屋敷ばかりが連なる武家地から町屋に通うのは楽しかったし、なにより長兄といっしょに藩道場で次男の身を気に掛けながら稽古をするのは嫌だった。

村上道場は、町奉行所の役宅がある八丁堀に近く、若手の与力同心や子弟が門弟に多かった。村上道場の和気藹々《わきあいあい》とした雰囲気を利次郎は気に入った。町奉行所の与力同心は大名家や直参《じきさん》旗本とは違い、城詰めの武家方からは御目見《おめみえ》以下の「不浄役人」と蔑まれていた。その曰《いわ》くは罪咎《つみとが》を犯した者を扱うゆえというのだが、利次郎は武家方より町人の暮らしに密接な八丁堀の役人の子弟と気があった。道場主村上吉左衛門の大らかな気性もあってのことだろう。

利次郎はかくて毎日村上道場に通うことになった。

利次郎の入門の日、父の百太郎から村上は、

「村上先生、この利次郎、次男のせいか幼いころから悪さばかりをしておりましてな、この数年、江戸藩邸を離れて女房の父親のもとで住み暮らさせておりました。川向こうで勝手気ままに過ごしたせいで、考えも行いも野放図でございます

でな、厳しく躾をして下され」

と願った。道場主村上は、

「勝手気まま結構、野放図大いに結構、わが道場は八丁堀の多彩な人士が門弟におりますゆえ悪さはできますまい」

と鷹揚に入門を許した。

利次郎は入門初日から八丁堀の役人や子弟たちがわいわいがやがや言いながら稽古する雰囲気が、

「川向こうの下屋敷の若侍や中間が野天道場で稽古するのとあまり変わらぬな」

と思った。

村上は利次郎の体が伸び盛りであり、剣術の本式な稽古は初めてと見抜き、

「利次郎どの、まずは体を造ることじゃ。大人の体になるまで剣術の基を身につけなされ。いささか地味な稽古ゆえ嫌気がさすかもしれぬが我慢してな、素振りなどでしっかりとした体を造り、足腰を鍛えることは後々のためになろう」

とまず自ら素振りの動きを示した。

その瞬間、利次郎は北八右衛門新田の下屋敷持ち回りの野天道場での、

「稽古」

は遊びに近いものであったことを悟った。それほど一刀流と称する吉左衛門の素振りの動きは滑らかで美しかった。

利次郎は明け六つ(午前六時)過ぎから昼前まで村上道場でときを過ごし、八丁堀の同心の子弟らと仲良くなっていった。同心の子弟にも利次郎と同じような「部屋住み」が当然ながらいて、その者たちが利次郎に八丁堀の次男三男の暮らしや町屋での騒ぎを話してくれた。堅苦しい大名屋敷とは異なり、利次郎にはなんとも興味をそそられる話ばかりだった。

瞬く間に三年が過ぎ、利次郎は一端の門弟になっていた。入門した当初は小太りであったが、背丈が年々伸びるせいか筋肉がついて少年の体付きから成人のそれへと近づいていた。

同心の子弟の中でも父親が定廻《じょうまわ》り同心の次男坊横倉代二郎《よこくらだいじろう》、門前廻り与力の三男坊崎田三郎助《さきたさぶろうすけ》とは気があった。二人して父親の跡目を継ぐことはないと諦《あきら》めているゆえ剣術の稽古もそこそこにし、年下の利次郎を八丁堀へと案内してあれこれと教えてくれた。

「利次郎、おまえも屋敷の厄介者じゃな」

横倉代二郎が稽古帰りに利次郎に言った。

「兄じゃが、父上の跡目を継ぎますから気は楽です」

「気は楽な。そういうておられるのは利次郎、今のうち、おまえの歳までじゃぞ。兄貴が家を継いでみろ、厄介者扱いじゃ」

「といってなにをすればよいのです」

と利次郎が反問した。

「おれたちの歳で店奉公もできまい、職人も無理だ。どこぞに婿に入るのはまず何十人に一人、屋敷や役宅を追い出されて浪人になるしか手はないな」

「浪人ですか。どこからも給金は出ませんよね」

「浪人に給金など出るか。悪さをして兄貴に捕まるなどまっぴらごめんだ。といって部屋住みのまま、気兼ねしながら三杯目の茶碗《ちゃわん》を差し出すのも気がひける」

と三男坊の三郎助が言った。

「よし、八丁堀の湯屋に連れていってやろう」

滅入った気分を変えるように代二郎が利次郎に言った。

「湯屋が八丁堀にあるのですか」

「八丁堀に接した町屋にある」

その日、与力同心の役宅が連なる東側の北紺屋町の八丁湯と暖簾《のれん》がかかった湯屋に、二人は利次郎を連れていった。

「代二郎さん、三郎助さん、湯屋に入るには湯銭が要りましょう」

利次郎が案じた。

「八丁堀の湯屋は与力同心には甘いんだ。もっともおれたち部屋住みは表からは入れないぜ」

三郎助が八丁湯の裏手、釜場《かまば》に回り込み、

「与助《よすけ》爺、あとでよ、薪割《まきわ》りも掃除も手伝うからな」

と言いながら釜場の隅で裸になり、利次郎に、

「ほれ、手拭いだ」

と客が残した使い捨ての手拭いを渡した。三郎助が釜場の狭い戸を引くと、真っ裸の利次郎ら三人の稽古で汗を掻いた体を湯気が包んだ。利次郎が湯気を透かすと湯船の脇に出ていた。利次郎は薄暗い湯屋に、

(これが町湯か)

と思った。

「ほれ、こっちだ」

と柘榴口《ざくろぐち》を反対に潜ると、掛かり湯の使い方を代二郎が利次郎に教えた。掛か

り湯をかけた三人は再び柘榴口をぬけて湯船に飛び込んだ。

「ふうっ、稽古のあとは湯がいちばんだな」

三郎助が言い、

「これでよ、二階のおかめのいる休み処に行ってよ、茶の一杯も馳走《ちそう》になりてえが、なにしろおれたち湯銭を払ってねえもんな。それに裸じゃ二階にあがれねえや」

と代二郎がぼやいた。

「おかめのおっぱいは大きいよな、歳は十六、番茶も出ばなってな」

どこかで聞き知ったか、三郎助が言った。

「利次郎、大名屋敷は広いよな。うちは百坪だが半分は畑だ。いちど大名屋敷に潜り込みたいもんだ」

「代二郎さん、大名屋敷は出入りがきびしいよ。おれはさ」

利次郎は四つの折り、奥御殿に入り込んで泉水で水遊びしていたことが見つかり、川向こうの爺様の隠居所に何年もいなければならなかった話を告げた。

「たった一回の悪さで何年も隠居所に居候か、そりゃ八丁堀よりきびしいや」

湯船にのうのうと浸かっていると釜場の戸が開き、

「ほれ、坊ちゃん方、洗い場の湯桶《ゆおけ》を片付けて掃除をしねえか。職人衆が仕舞い風呂に来る刻限が近いや」

と言われた三人は慌てて湯船からあがり、柘榴口を挟んで洗い場や湯船を丁寧に掃除した。代二郎も三郎助も釜場から入る常連か、掃除も湯桶洗いも慣れたものだった。これが利次郎にとって初めての町湯の経験だった。

村上道場で四年目に入ったころ、道場主の村上が若手連十四人を二手に分けて、東組、西組で勝ち抜き試合をやらせた。

利次郎は西組の四番手で東組の二番手の西村彦太郎《にしむらひこたろう》と対戦し、竹刀を構えた途端にいきなり面を打たれて負けた。

代二郎は一勝一敗、三郎助は利次郎といっしょで緒戦敗《ま》けだった。

勝ちのなかった五人は師匠の村上から、

「そなたら、日ごろ稽古を手抜きしているゆえかような結果になるのだ。勝ち負けは致し方ない。じゃが負け方がよくない。気迫が足りぬ。明日から心を入れ替えてしっかりと稽古せよ」

と懇々と説教された。

利次郎は、八丁堀の村上道場通いになんの目的となく、剣術の稽古がなんたるか分からぬままに無為に歳月を過ごしていたことになる。

五年目の年の瀬のある日、稽古のあと、代二郎が三郎助と利次郎の二人に湯屋に付き合えと言った。むろん八丁湯だが、この日、代二郎が三人分の湯銭を払い、着ていたものを脱衣場に脱いで湯に入った。湯に入っている間、なにも言葉を発しなかった代二郎が木綿の綿入れを着ると二階へと二人を案内した。

「横倉代二郎、なんぞあったか」

三郎助が無口な代二郎に尋ねた。

初めて湯屋の二階の休み処で茶を喫した利次郎と三郎助に、

「もはやそなたらとは会えん」

と突然代二郎が言った。

はっ
とした三郎助と利次郎は、なんとも寂しそうな代二郎の顔を見た。

「父上の知り合いの鍛冶場に職人見習いで入ることになった。兄が父の跡を継ぐでな、致し方あるまい」

と諦め顔で横倉代二郎が言った。

「その鍛冶場はどこにある」

「言わん。おれの面など見に来られても敵《かな》わん」

と代二郎が言い放った。三郎助も利次郎も、

「次はわが身」

と、修業を始める歳を超えての職人見習いをせねばならなくなった代二郎の運命を切なくも想像した。

八丁湯の帰り、利次郎は鍛冶橋を前に、

「おれの行末はどんな風か」

と初めて真剣に考えた。

翌日、代二郎も三郎助も稽古に来なかった。

利次郎は同心見習いになったばかりの西村彦太郎に稽古を願った。彦太郎は若手組の勝ち抜き試合で負けた相手だ。歳も三つか四つ利次郎の上で、技量も断然上だった。

「ほう、利次郎の仲間の二人は、今朝来ておらぬか」

「西村様、もはや代二郎は、いや、おそらく二人とも道場には来ません」

利次郎の言葉にしばし考えた彦太郎が、

「代二郎は八丁堀を出たか」

と呟くと、

「よかろう。利次郎、手加減はせぬぞ。打ち身やあざを覚悟して参れ」

と利次郎に嗾《けしか》けるように言った。

その朝、利次郎は彦太郎に叩かれても突かれても転がされても、幾たびも立ち上がり、

「もう一本」

と願った。そんな稽古を村上吉左衛門が、いつまで続くかと見ていた。

利次郎のこれまでとはうって変わった稽古ぶりが半月一月と続き、ある朝、西村彦太郎が御用のために稽古を休んだことがあった。

利次郎は稽古相手を探す体《てい》でさほど広くもない道場を見回していた。その視線と村上の眼が合った。

「利次郎、稽古をつける」

と村上吉左衛門が言った。

「は、はい」

村上道場に通い始めて五年余になったが、利次郎は入門の初日に素振りの形と

動きを見せて以来、師匠と竹刀を交えたことがなかった。

「わしと稽古をするのは初めてじゃな。わしを彦太郎と思い、攻めてこよ。遠慮すると叩きのめすぞ」

「畏《かしこ》まりました」

利次郎は師匠と向き合い、しばし瞑目《めいもく》したあと、両眼を見開き、

「ご指導お願い申します」

と声を掛けると一気に間合いを詰めて、竹刀を面に振るった。むろん竹刀が届くなどとは考えてもない。ただ、ばしりと、弾《はじ》かれて床に転がされただけだった。

素早く立ち上がった利次郎は、

(師匠を動かすことが先決)

と正面から仕掛けると見せて右に飛び、左に転じながら竹刀を揮《ふる》った。だが、師匠の体には届きもしなかった。

初日、直ぐに力尽きた。

二日目はもう少し立って竹刀を師匠の体へと打ち込み続けることができた。

そんな師匠と利次郎の打ち込み稽古を門弟たちが、

「五年も道場に通いながらあの程度か」

「いや、入門したては未だ子供であったわ。利次郎が本気で稽古を始めたのは西村彦太郎との打ち込みからじゃ。さあて、いつまで続くかのう」

村上吉左衛門と重富利次郎の朝いちばんの打ち込み稽古が半年ほど続き、その朝、利次郎の竹刀が師匠の吉左衛門の面にかすかに届いた。

すいっ
と竹刀を引いた吉左衛門が、

「しっかりとした面であった、利次郎」

と褒《ほ》めてくれた。

「有難うございます」

その日の稽古が終わったとき、利次郎は師匠に居間に呼ばれた。

「利次郎、明日から道場に来なくともよい」

「えっ、破門ですか」

「破門ではない。わしの道場にいてもそなたの才は開花しまい。どこぞわしの道場よりよき道場に移れ。そなたが移りたき道場があれば申せ。わしが推薦状を認《したた》めよう」

「先生、この道場に残ってはなりませぬか」

「最前理由はいうたな。わしが教えるべきことはこの半年で出し尽くした。わしの道場は八丁堀という小さな池でしかない。江戸は広い、大海の如《ごと》き剣道場はいくつかある。そなたは部屋住みであったな。近々代二郎のように役宅から出ていかねばなるまい。わしの道場にいてもなんの助けにもならん」

と村上吉左衛門が言い切った。

利次郎の頭は混乱を極めた。

(どうすればよいのか)

混乱のまま利次郎は口にしていた。

「先生、江戸いちばんの剣道場はどこでございましょうか」

「そうじゃのう」

と村上がしばし考える振りをした。

「先生、もしできることなれば住み込み門弟として稽古が出来る道場がようございます」

村上吉左衛門が笑った。

「いよいよ限られるな。利次郎、束脩《そくしゅう》は払えるか」

「父に最後の頼みと願います」

「土佐高知藩の近習目付であったな。そなたが望む道場はわしの知るところ一つしかない」

「たった一つでございますか」

「利次郎、いくつの道場を掛け持ちする気か。一つあればそこの門を叩かぬか、その気概がのうては門は開かれまい」

「師匠、その道場に参ります。どこへ参ればようございますか」

「利次郎、うちの稽古が懐かしくなるほど厳しいぞ」

「はい、なんとしても耐えてみせます」

「まず入門を許されることじゃ。流儀は直心影流、神保小路にある佐々木《ささき》玲圓《れいえん》先生の道場じゃ」

利次郎は佐々木玲圓の令名は噂に承知していた。

「神保小路の佐々木道場、ですね」

「おお、そなたの荒削りの力に磨きをかけてくれる道場は、佐々木玲圓先生のところしかあるまい。わしが口添え状を書いてもよい。とはいえ、そなたの熱情がなくては道場の門の中にも入れてもらえまい」

「先生、口添え状を書いて下され。この足で神保小路に参ります」

と頭を下げた利次郎の前に、

「この書状を持て」

とすでに村上吉左衛門の胸中では佐々木玲圓の直心影流道場しかないと決めていたか、あらかじめ用意されていた口添え状が差し出された。

四

重富利次郎は、八丁堀の村上道場とは異なる直心影流佐々木道場の門前で茫然《ぼうぜん》自失していた。片番所付の長屋門が豪壮とか、威容があるとかの話ではない。門前から見える佐々木道場の佇《たたず》まいに圧倒されていた。古びた建物全体から、

「修行の場」

と語りかける静かにして一途なる荘厳に心身が打たれていた。

昼下がり、道場から木刀や竹刀で打ち合う音が響いてきた。村上道場と佐々木道場ではどこが違うのか、利次郎は理解がつかなかった。

「どうしたな、若い衆」

門番の年寄りが利次郎に声をかけた。犬小屋の水を取り替えた様子だった。だ

が、犬の姿は見えなかった。

「はっ、はい」

利次郎は門番が最前から己を見ていたことさえ気づかなかった。

「こちらは佐々木道場ですね」

「いかにも神保小路の佐々木玲圓道場じゃが、入門かな、それとも見物かな」

「いえ、に、入門の願いにございます。そ、それがし、一刀流村上吉左衛門先生の口添え状を持参しております」

利次郎は口がよく回らずなぜか慌てていた。

「口添え状な、それはまた丁寧なことで。この佐々木道場は、『来る者拒まず去る者追わず』が道場訓じゃでな」

「えっ、だれでも入門できるのですか」

利次郎は旧師の村上吉左衛門の言葉とはいささか感じが違うな、と訝《いぶか》しく思った。すると老門番が、

「だれでも道場に入ることは出来ますぞ。けどな、若い衆、翌日にその者がまた道場に稽古に来るかというと、十人に一人といいたいが二十人に一人かな」

「なぜですか」

「なぜじゃろうな。これからあんたさんが経験することじゃろうな」

「口添え状は要らぬのですか」

「折角前の先生が玲圓先生に宛てて書かれた文じゃろう。庭を回って母屋を訪ねなされ。先生がおられよう」

長屋門の右手を道場に沿って曲がるように手で差した。

道場には寺の回廊のような外廊下がめぐらされていて、廊下に防具が干され、修理する竹刀が置かれてあった。稽古が終わった住み込み門弟が自ら修理するのであろう。井戸端の後ろには藤棚があった。井戸端で門弟が一人、はだ脱ぎになって体を拭《ふ》いていた。

「佐々木玲圓先生のお屋敷はこちらでようございますか」

「道場に沿って曲がりなされ。庭木があるところが玲圓先生の母屋でございます。先生は縁側で文など認めておられましょう」

旗本の子弟か、そんな雰囲気の若い門弟が丁寧な口調で利次郎に教えてくれた。

陽射しが射し込む縁側で佐々木玲圓と思しき人物が巻紙を膝《ひざ》に垂らしながら文を認めていた。体付きのしっかりとした玲圓は鬢に白いものが交っていた。

その人物が利次郎の気配に、顔を上げて訪問者を見た。険しい眼差しで利次郎を見て門弟ではないと気付き、和やかな表情に変えた。

「お仕事中なれば道場で待たせて頂きます」

利次郎は思わず言った。

「佐々木玲圓じゃが、どなたかな」

「重富利次郎と申し、入門を願いたき者にございます。八丁堀にある町道場村上吉左衛門先生の口添え状を持参しております」

「ほう、村上吉左衛門様な、拝読しよう」

書状を認めることを中断した玲圓が利次郎の差し出す口添え状を受領し、文を披《ひら》く前に、縁側に座りなされ、と言った。だが、利次郎は玲圓から少し離れた庭の紅葉の木の傍らに下がり、立って待つことにした。

玲圓の五体から醸《かも》し出される剣術家の静かなる威圧感が、利次郎にそうさせたのだ。

一方玲圓は口添え状を披くと読み始めた。

書状はかなり分厚いもので、利次郎は村上がいつ用意したのか、なぜ佐々木道場に行くことを利次郎が決めるか分からぬまま認めたのか、村上吉左衛門の心中を考えていた。そうしながら玲圓の表情を見るともなく眺めていた。

玲圓は口添え状を読みながら、

「ほうほう、土佐高知藩山内家に父上はご奉公か」

とか、

「なかなか幼き折りから元気者であったような」

とか洩らし、笑みを浮かべながら長いことを掛けて口添え状を読み終えた。しばし書状を膝の上で畳みながら、

「そなた、よき師に巡り会えたな」

と言った玲圓が続けて尋ねた。

「わが道場を承知であったかな」

「いえ、村上先生に江戸いちばんの道場はどちらかとお聞きして知りました。でも佐々木玲圓先生の名は門弟衆の噂で聞いたことがございました」

「しかとは知らぬのじゃな」

「はい」

「道場を見たか」

「いえ、道場外観を見ただけです」

「通いか住み込み門弟か」

「住み込み門弟にして頂ければ幸いに存じます」

玲圓が笑った。

その場に三十を過ぎたと思える稽古着の門弟が姿を見せた。

「師範、長屋に空《あ》きがあったかな」

「このところ国許《くにもと》に戻る門弟が相次ぎ、空いております」

「重富利次郎じゃ。本日から住み込み門弟じゃ」

二人の会話に利次郎は驚きを禁じえなかった。まさか即日に住み込み門弟の許しが出るとは考えもしなかった利次郎は、えっ、と驚きの声を洩らした。

玲圓がじろりと利次郎を見た。

「本日からでは不都合か」

「父上も母上もこのことを知りません。村上先生の話を聞き、まずはこちらへと訪ねてきました」

「なに、いきなりじゃと、父御も知らぬ話か」

玲圓がこんどは呆れながら、村上の口添え状に改めて視線を落とした。

「村上先生が丁重な口添え状を認めておられるゆえ、もはやご両親は承知の話かと思うたわ。何年も高知藩の藩邸を出て祖父の隠居所で過ごしたこともあると認めてあったが、思い立ったらすぐに動く気性のようじゃな」

「は、はい。もし先生のお許しを得たら鍛冶橋御門内の屋敷に帰り、両親に伝えて急ぎこちらに戻って参ります」

利次郎は玲圓に応じて踵《きびす》を返そうとした。

「待て。この者、かなりの粗忽《そこつ》者のようですな、先生」

師範と呼ばれた門弟が言った。

「決断が早いのは悪くはあるまい。利次郎、そなたにたれぞ門弟を従えてそのほうの父上にお断りさせるか」

「いえ、一人で大丈夫でございます」

「ならば村上先生の口添え状を持ってご両親に会え」

と村上の書状を利次郎に返した。

「有難うございます」

と礼を述べた利次郎が、

「佐々木先生、それがし、入門を許されたのでございますか」

「入門をしたいのであろう」

「は、はい」

と利次郎が返事をすると師範が、

「玲圓先生に礼を申し上げるのは道場稽古を経験してから申せ。うちは村上先生の八丁堀の道場よりも厳しい稽古だと覚悟しておけ」

と利次郎に言った。一礼した利次郎が玲圓の前から辞去しようとすると、師範が従ってきた。

「利次郎というか。夜具は長屋に一組あるゆえ持参する要はない」

住み込み門弟は夜具のことから案じねばならないのか、と利次郎は初めて気付かされた。そのとき、大事なことを聞き忘れたことに気付いた。

「師範どの、束脩はいくらでいつ支払うのでございますか」

「そなたが一月《ひとつき》辛抱できたときにわしが先生に相談しておこう。利次郎というくらいだ、次男坊の部屋住みの身であろう。束脩代などもっていまい」

「五十文と懐にあった例《ためし》はございません」

「で、あろうな」

と応じた師範が、

「いいかよく覚えておけ。住み込み門弟はそなたのように文無しもあれば、大名家に選ばれて佐々木道場の住み込みに入られた門弟もおる。そちらのほうは懐が裕福じゃな。まあ、そなたのような文無し半分、懐具合がよい御仁が半分かのう。とは申せ、門弟見習いのうちでも寝場所があり三度三度のめしがつくで、稽古して生きていくには心配ない」

二人は道場の式台の前に戻っていた。

「そなた、道場を見ていないであろう。見ていくか」

師範が式台から利次郎を招き上げた。式台上に外廊下が抜けていたが、道場左右とは違い、屋根付きだ。

利次郎は一礼して道場に入った。

その瞬間、利次郎は道場の塵《ちり》一つ落ちていない広い床に圧倒された。村上道場の四倍、いや、道場の床の左右に門弟衆が控える高床があるためにそれ以上の広さで、名刹《めいさつ》の宿坊のようで荘厳でさえあった。

「そなた、うちのことはなにも知らずに訪ねてきたようだな」

と道場の入口に立ち竦む利次郎の耳に師範の言葉が聞こえた。は、はい、と返事すると、

「大小を抜いてその場に座し、見所《けんぞ》にある神棚に拝礼せよ。直心影流佐々木道場は幕府の官営道場に等しき剣道場じゃ。見所には常に幕閣のお歴々や大名諸家の

殿様が見物しておられる。相分かったか」

はい、と返事をした利次郎は祖父が身罷ったために譲りうけた大小を抜くと、その場に座して床に額をつけるほど低頭しながら、

（おれは必ずこの道場で修行を全うする）

と心に誓った。

「住み込み門弟の朝稽古は七つ（午前四時）じゃ」

師範のその声を聞いて、利次郎は佐々木道場を出て神保小路から鍛冶橋へと小走りに向かった。


一刻《いっとき》（二時間）後、父の重富百太郎に連れられて高知藩主山内土佐守豊雍《とよちか》の前に利次郎は控えていた。四つの利次郎が奥御殿の泉水に入り、水浴びした折りに会った豊敷は明和《めいわ》四年（一七六七）に身罷って、九代目の豊雍に代わっていた。

「百太郎、この者が父と知り合いの利次郎か」

「畏《おそ》れながら奥御殿に入り込んだ次男にございます」

「百太郎、神保小路の佐々木道場で修行を始めるとは大したものじゃ。よいか、利次郎、しっかりと修行をいたせ。あの道場の目録なりと得ることが出来れば、

先々奉公先も見えてくるやもしれぬでな」

と豊薙が励ましてくれた。

殿の面前を下がった利次郎は、母が見繕《みつくろ》った下着や稽古着などを風呂敷に持たされ、夕方前に神保小路の佐々木道場へと戻ってきた。

「おお、戻ってこられたか」

と門番の老爺《ろうや》が迎え、その傍らに老犬がいるのが見えた。昼間は姿を見なかったが、道場には番犬がいるようだった。

「神保小路にふらふらと迷い込んだ犬でな、なんとなく道場に住みついた」

「名はありますか」

「野良犬じゃぞ、門弟はノラと呼んでおりますな。住み込み門弟の新入りの役目がノラの散歩と餌やりだ」

と言った門番の季助《きすけ》が、

「おまえさんは運がよいな。一人部屋じゃ、こちらについてこられよ」

と狭い板の間と四畳半の部屋の長屋の一室を見せられた。

「こちらがそれがしのお長屋ですか」

「おお、不満か」

「いえ、勿体ないお長屋です」

「住み込み門弟が増えるとこの部屋にもう一人加わろう」

と季助が言った。二人で一室か、と贅沢《ぜいたく》なことを考えていると、

「その板の間に持物を置いてな、母屋の台所に行きなされ。門弟衆の夕餉の刻限だ、急いでいかぬとめしがなくなりますぞ」

と教えられた利次郎は、井戸端の道を抜けて母屋に戻った。すると台所と思しきところから住み込み門弟衆の大勢いる気配が伝わってきた。

「ご免下され」

と台所の腰高障子を開くと、十人余りの門弟衆が利次郎を眺めて、道場を見せてくれた師範が、

「おお、戻ってきたな。その辺に座れ、膳《ぜん》が出るでな、めしも味噌汁《みそしる》も自分でよそえ。まあ物心ついた折りから部屋住みと決まっておるのだ。それくらいできよう」

と言った。

他の門弟は一言も発しない。

「ほれ、兄さん、おまえさんの膳じゃぞ」

と女衆が利次郎に鯖《さば》の焼き物と野菜の煮物が載った膳を渡した。

「箸《はし》は持っていそうにないな、これを使いなされ」

と一膳の箸を添えてくれた。

なにも分からぬまま、こうして重富利次郎の神保小路佐々木道場の住み込み門弟の暮らしが始まった。


翌朝、利次郎は七つに師範に起こされた。

「ほら、井戸端にいって道場の掃除に加われ。もたもたしていると、おれが竹刀で尻を叩くぞ」

と言った。

昨夕、夕餉の刻限、黙々と食した門弟は自分たちで膳の汚れた器などを洗い、指定の場所に納めた。利次郎も見倣《みなら》ったが、師範がちらりと見て、

「洗い直しじゃ。三度三度のめしを食する器は、禅宗の坊さんのようにきれいにするのが佐々木道場の決まりじゃ」

と洗い直しを命じられた。

「おお、忘れておった。それがしが本多《ほんだ》鐘四郎《かねしろう》だ。門弟衆と名乗り合うのは明朝

の道場でせよ。剣術家の名乗り合いは竹刀を交えたときだ。分かったか」

と注意を受けた。

利次郎は、剣道場に住み込んだつもりだが、なんと禅宗の寺に修行にきたか、と驚きを禁じ得なかった。だが、百余畳の道場の床の拭き掃除は、住み込みの門弟総出でも半刻はかかった。利次郎はあれほどきれいな道場を毎朝拭き掃除するのかといささかうんざりした。

師範の本多は神棚の榊《さかき》の水を替え、塩を捧げた。

拭き掃除の終わった門弟衆を見所の前に座らせると神棚に向かって拝礼し、ようやく稽古が始まった。そんな刻限に通いの門弟衆が三々五々と集まってきた。

(すでに村上道場の倍の門弟がおるわ)

と茫然自失していると師範が、

「利次郎、竹刀を持て」

と壁を差した。そこには百本以上の竹刀と木刀が分けて掛けてあった。

「名の記されていない竹刀ならば使ってよし」

と言った。

本多鐘四郎は利次郎を見所から遠い道場の隅に連れていき、竹刀を正眼《せいがん》に構えさせた。

「ほう、一応正眼の構えになっておるな。剣術はいくつから始めた」

「北八右衛門新田の麻生藩下屋敷にて四つの夏から始めました」

「なに、川向こうの下屋敷に道場があるか」

「いえ、下屋敷が持ち回りで野天で稽古をなすのです」

「そこへ四つで加わったか。それは剣術ではない、遊びじゃ。どうやら八丁堀の村上道場で剣術修行を本式に始めた様子じゃな」

と言った本多鐘四郎が、

「利次郎がそれがしに打ち込んでこよ。全力でやらぬと打ちのめすぞ」

と忠言した。

利次郎は、師範に立ち向かう瞬間、ちらりと道場を見た。いつの間にか百人を超える門弟衆が木刀や竹刀で打ち合う様に利次郎は圧倒された。

(これが直心影流佐々木道場か)

と思った瞬間、脳天に打撃が襲い、いきなり利次郎は昏倒《こんとう》した。

この昏倒が利次郎の佐々木道場入門の洗礼であった。

そのとき以来、幾たび失神し、水を顔にかけられて雑巾《ぞうきん》で床を拭き、また相手に挑みかかっていったか。

利次郎が佐々木道場で周りを見る余裕が出来たのはしばらくあとのことだった。

佐々木道場の一日は長く、無限と思える稽古の刻限が続いていった。

第三話　出会いのとき

一

一方、姥捨の郷ではお蚕屋敷に戻ると雑賀下忍の頭、雑賀泰造日根八が霧子を見て、にやりと笑った。

「お頭、いつ姥捨の郷を出る」

と霧子が切り口上で尋ねた。

「おまえ次第」

「どういうことか、わしはこうして戻ってきた」

「念には念を入れてな、調べてほしいことがある。京から男衆が帰ってくるのは確かに二日後か」

「おう、先陣はもう京都を出ていよう。これ以上なにが知りたい」

おてんが霧子の態度を凝視していた。

「年によって通る道は違おうな」

「違う。お頭、だれを狙っておる」

霧子がずばり質した。

泰造日根八は霧子が一味の狙いを承知だと確信した。だが、おてんはそのことに気付かず、

「霧子、お頭の問いには素直に応《こた》えよ」

と憎々し気に霧子に命じた。

霧子はおてんを無視した。

「お頭はなにを調べてほしいのじゃ。この姥捨にいるうちに調べることか」

とさらなる問いを発した。泰造はしばらく沈思し、

「お兼一行の姥捨に帰る道筋じゃ」

「お兼様に用事か」

「霧子、お頭の問いには黙って答えよ」

おてんが大声で叫んだ。

霧子はおてんに見向きもせず、年神様から受け取った書状を懐から泰造の前に放り出した。

「なんじゃ。これは」

「京のお兼様方が年神様に宛てた文じゃ」

なに、と言った泰造は、お兼様が二年前に年神様の雑賀聖右衛門に宛てて出した書状を手にし、急ぎ披いた。女文字の文面を見ていた泰造が、

「京の伏見から枚方《ひらかた》、生駒、斑鳩《いかるが》、五条、高野道に出おるか」

と言って続けた。

「この文、どこで手に入れた」

「決まっておるわ。年神様の手文庫から盗んだ」

「霧子、字が読めるか」

「読めぬ。じゃがお兼様の文は匂いで分かる。男衆の文とは違う」

「ようやった」

泰造日根八が霧子を褒め、

「いつ姥捨を出るな。道中でお兼様ら五人を待ち受けるか」

と霧子が反対に質した。

「明未明」

「よし、わしもいっしょに行くぞ。それでよいな」

霧子が応じると泰造が頷き、おてんや腹心の大蛇の木之助らと話を始めた。

霧子はこそこそ話から離れてお蚕屋敷を見廻った。するとお蚕屋敷の片隅に姥捨の娘三人が猿轡《さるぐつわ》をされて転がされていた。高野山から下山してきたばかりの俊《とし》子《こ》、伊根《いね》、千代《ちよ》の娘たちだ。三人は泰造一味に不意を突かれて捕まったのだ。三人が恐怖の眼差しで霧子を見た。

霧子は山刀で縛《いまし》めを切り、目顔で逃げよと言った。

三人はお蚕屋敷の裏階段を使い、階下からさらに床下に消えた。雑賀衆の娘たちだ、どんな難儀にも立ち向かう稽古をしていた。だが、放浪の雑賀衆泰造一味はお蚕屋敷の複雑な抜け道を未だ摑んでいなかった。

「なにをした、霧子」

背後におてんの尖った声がした。

霧子が体を開き、山刀で切った縄を見せた。

「おのれは、お頭の許しもなく人質を逃がしたか」

おてんが背に差した異人が使うという両刃短刀を抜いて、霧子に突き出した。

「わしが戻ってきた以上、人質はとらぬとお頭は約定した。雑賀衆に迷惑をかけずに出ていかぬのならばわしも約束をやぶり、最前の企てを年神様に告げようぞ」

霧子が山刀を手にしたまま、お頭に向けて静かな声音で言った。

その時、姥捨の広場付近で叫び声が起こった。

霧子が逃がした傻子らから事情を聞いた姥捨の留守を務める年寄りたちが、武器を手に年神様に訴えているのだろう。

「お頭、霧子を信じてはならぬ」

おてんが言い、泰造が、

「大事の前の小事ぞ、おてん、姥捨を出るぞ。厩に走れ」

「クソ蠅の六輔と狐の瓢吉はどうする」

おてんがお頭に問うた。

「もはや戻ってきそうにない。早う厩に走れ」

泰造が命じ、木之助ら一味は手早く旅仕度を始めた。

霧子は泰造に言った。

「わしも馬を貰《もら》う。六輔が帰って来んのならば一頭空馬じゃ、シロスケはわしの馬じゃ。世話をしたのもわしじゃ」

霧子の言葉に泰造が霧子を睨《にら》んだ。霧子もお頭の視線を受け止め、睨み返した。

「文を手に入れたのはわしじゃぞ」

「よし、シロスケはおまえの馬じゃ」

泰造が頭の中で霧子の使い道を考えたか、許しを与えた。

霧子は厩に走った。

すると厩からおてんが一頭の馬の手綱を曳《ひ》いて、別の馬小屋から二頭目を引き出そうとしていた。馬小屋に留まろうと抵抗するシロスケが霧子を見て、
ヒヒーン
と甘えるように鳴いた。

「シロスケはわしの馬じゃ」

「クソ蠅の六輔の馬じゃ」

「お頭がわしの馬じゃと言うたわ」

霧子はおてんから手綱を引っ手繰《たぐ》った。

「霧子、お頭が確かに言うたか」

「おお、おまえはお頭の馬を曳いていくのじゃ。急ぎ逃げぬと姥捨の男衆が姥捨

の郷の門を閉じるぞ。そうなるとわしらは馬では逃げられぬ、争いになる。女も子供も戦を承知じゃ。それもこれも俊子ら娘をわしの代わりにひっ捕えたおてんの過ちぞ」

霧子の推量を交えた言葉におてんが憎々し気な顔で、

「お頭はなぜ霧子を信じるか」

と自問した。

俊子らを捕まえたのがおてんと霧子は判断した。

「お頭に直《じか》に聞いてみよ」

シロスケに鞍《くら》を載せて首筋をぱちぱちと叩き、厩から引き出した霧子は鞍に飛び乗った。

姥捨の広場では松明《たいまつ》が点されて、年寄りも女子供も竹槍やら草刈鎌を手に雑賀下忍の泰造日根八一味と戦う態勢をとろうとしていた。

「お頭、門を閉じられたらおわりじゃぞ」

霧子が叫び、門へとシロスケの頭を向け、馬腹を軽く蹴った。するとシロスケが広場を突っ切って閉じられようとした門へと突っ走った。

「霧子、わしらを裏切ったか」

と隠し鉄砲を手にした鉄砲撃ちの宇陀吉《うだきち》が霧子に言った。

「宇陀吉爺、泰造らを郷から追い出すのが先じゃぞ。わしのことはそのあとなんとでもせえ」

と霧子が応じた。

どこに潜んでいたか泰造一味の山鯨《やまくじら》の助八《すけはち》が宇陀吉爺の背後に迫り、いきなり刀を振るって深々と斬りつけようとした。

「なにをするか、助八」

霧子がシロスケを嗾けて助八を突き転がした。その背後から泰造日根八が馬に乗り、配下の残党が霧子の控える門から姥捨の郷の外へと飛び出していった。

霧子も八年余り暮した姥捨の郷をシロスケの背に乗って、雪道に蒼《あお》く光る月明かりを頼りに夜道を走り出した。


雑賀泰造日根八一味は寒さを堪《こら》えて裏高野の丹生川のほとりで朝を迎えた。馬の五人の他に徒歩で従ってきたのが三人、一味が姥捨に戻ってきたときの半分以下に減っていた。宇陀吉爺を斬り殺そうとした山鯨の助八も徒歩組三人の一人だった。

「お頭、霧子のせいで一味が減ったぞ」

おてんが霧子を睨みながら訴えた。

「お頭、霧子は裏切ったぞ」

と助八もおてんと口を揃《そろ》えた。

泰造が霧子を黙したまま睨んだ。未だ泰造は霧子の処遇を迷っている気配があった。

「わしのせいにするか。俊子ら娘三人を捕えたのはだれか、おてんであろうが。わしがお蚕屋敷に戻れば郷の雑賀衆には手を出さぬ約束ではなかったか」

と霧子が反問した。すると泰造が何かを言いかけ黙り込んだ。

「わしは年神様の家からお兼様の文を盗んできたのだ。そのためにお蚕屋敷に行くのがわずかに遅れた。おてん、なぜ俊子たち三人の娘をひっ捕らえた。だれの命か」

泰造の眼がちらりとおてんを見た。

「やはりおてんか。よし、わしとおまえはいっしょに暮らせぬ。どちらが一味を離れるか、ここで勝負をつけるしかあるまい」

霧子は山刀を手にした。

おてんも南蛮人《なんばんじん》の両刃の短剣を両手に一本ずつ構えた。

「止めよ、霧子、おてん」

一味の頭領の威厳を取り戻した泰造が、

「二人ともよう聞け。一味が減ったのは事実だ。クソ蠅の六輔らは役立たずじゃ。金さえ手に入れば無頼の者はいくらも一味に加わろう」

と二人の女の戦いを止めた。

霧子はおてんと戦い、勝ちを得る自信はなかった。泰造日根八を斃《たお》すためには今は我慢のときだと、おてんとの勝負をする覚悟を見せ、一味に役に立つことを示したのだ。

霧子は姥捨の郷で雑賀衆の技を習い、独り高野山の山中で走り回ったとしても体が出来ていなかった。六輔と瓢吉を猪越の谷に突き落としたのは内八葉外八葉を熟知し、不意を突いたからだ。

霧子の頭には祈禱師九十七が見せてくれた実の父と母がおぼろに残っていた。霧子の身内を殺したのは雑賀衆下忍を名乗る泰造日根八ということを、曖昧《あいまい》ながら記憶の底から祈禱師が引き出してくれた。ならば、

（身内の仇は必ず討つ）

それが十年かかろうと二十年かかろうとだ。怨念《おんねん》は確固として霧子の頭に刻み付けられていた。

霧子が山刀を下ろした。

しぶしぶとおてんも両刃の短剣を後ろ帯に戻した。

「お頭、仕事《つとめ》はどこで果たす」

と瀞八丁《どろはっちょう》の寅次《とらじ》が泰造に聞いた。

「お兼一味が必ず通る斑鳩まで遠出する」

泰造が言った。

「お頭、お兼は懐にいくら丹の代金を持っておる」

山鯨の助八が欲深そうな顔付きで質した。

「一年分の丹を売った銭じゃぞ。元文丁銀じゃろうが小判にして二百金は持っておろう」

「二百金か。われらはいくら頂戴できる」

「こたびはおまえらに配る銭はない」

「えっ、ただ働きか」

「山鯨、わしの望みは丹の代金程度ではない。お兼から奪った金子は次なる大仕事の元手になる。大仕事をした折りにおのれらが見たこともない銭を渡す」

と泰造日根八が約定した。

「お頭、わしらはどこでお兼を待つのか」

おてんが話を戻した。

「斑鳩まで足を延ばせば姥捨の連中もわしらの仕事とは気付くまい」

と言った泰造が霧子を見た。

「姥捨には祈禱師もいたな。霧子は分からぬか」

「わしは祈禱師ではない。じゃが、遠くに行けば行くほどお兼一味とすれ違うことが考えられる。しばし時をおいて姥捨の郷近くへ戻って待つほうが確かじゃぞ」

霧子の返答におてんが反応した。

「姥捨近くにわれらを呼び寄せて、霧子は裏切るつもりじゃぞ」

「そのようなことは考えておらぬ。ならば好きにせえ」

霧子が突き放すようにおてんに言った。

「よし、斑鳩へ足を延ばす。この界隈で待っておれば草蔵ら男衆頭と出会うことも考えられるでな」

と泰造が決断し、

「霧子、おてん、木之助、徒歩の連中と二人乗りをせえ」

とさらに言い添えた。

「お頭、この道を二人乗りの馬を連ねて進む気か」

と霧子が泰造に聞いた。

「うむ、なんぞ不都合か」

「脇街道でも橋本宿に出れば、役人の眼も光っておるぞ。二人乗りでは直ぐに質されよう」

泰造が霧子の言葉に考え込んだ。

「半日待って夜道を行くか、どこぞで薪などを積んで馬子の形で昼間の街道を吉野川沿いに進むしかあるまい」

「半日、この寒さの中で待てるものか。よし、どこぞで薪を盗んで馬に積み、馬子の形で進むぞ」

と霧子の言葉に泰造が賛意をしめした。

その日の夕刻、吉野川左岸を両脇に薪を振り分けた馬五頭と人足八人が、雪の降る中、とぼとぼと進んでいた。

霧子は綿入れに猪革の袖なし、筒袖の仕事袴に古足袋《たび》に草鞋《わらじ》履き、シロスケの手綱をとって五頭の真ん中を歩いていく。傍らには徒歩組の中で一番若い十津川《とつかわ》の善三郎《ぜんざぶろう》が従っていた。

「善三郎、いくつか」

と霧子が尋ねた。だれもが寒さに震えて黙々と歩を進めていた。

「十七じゃ、霧子はいくつか」

「歳など知らぬ。お頭にどこぞから攫《さら》われて何年も前に姥捨に置き去りにされた捨て子じゃ」

「なに、霧子は捨て子か、名はだれがつけた」

「お頭が霧子とつけたそうじゃ」

「なんと」

善三郎が同情の眼差しで霧子を見た。炭を塗りたくることが習い性になった霧子の素顔を見た者は、お米婆くらいしかいなかった。

「善三郎はいつお頭の配下になった」

「一年半前のことだ。お頭の一味が村に押し入ったで、山に逃げたのだ。杣小屋《そまごや》に隠れておるところにお頭たちが入ってきて捕まった。その時、命乞《いのちご》いをして一味に加わったのだ」

二人はぼそりぼそりと話しながら進んでいた。

霧子はそのとき、苫屋根《とまやね》を葺《ふ》いた船が吉野川をいくのを見ていた。苫屋根に京の丹問屋の、丹で染めた旗が翻《ひるがえ》っているのを見た。霧子はお兼一行ではないにしても、男衆が高野山口まで下る船だと思った。

「霧子はこの界隈の山をよう承知じゃ」

「物心ついたのは姥捨のお米婆のうちじゃ。内八葉外八葉の山ならすべて承知じゃ」

しばらく二人は沈黙したまま歩いていく。

「霧子、お米婆と宇陀吉爺をお頭が殺したことを承知か」

不意に善三郎が言った。

きっ、とした眼差しで霧子は善三郎を睨んだ。

「真のことじゃ。無情にも何人もの姥捨の郷の衆を殺しおったわ、そなたが見ておらぬところでな」

なんということか、霧子は育ての親ともいえるお米婆の死を、雑賀泰造に殺されたことを初めて知った。

（どうしたものか）

無言で考え続けた。そして霧子の考えが定まったとき、シロスケが霧子の菅笠の下の顔に自分の口先を寄せてきた。

「シロスケ、寒いか。今宵は夜明かしして歩くことになるぞ」

と霧子が懐に入れていた人参一本をシロスケに食べさせた。

「馬には優しいな」

と善三郎が言った。

「霧子にはお頭が一目おいておる。なぜじゃ」

「わしを攫ってきたからじゃろう。善三郎、そなた、一味に残り、手下になるつもりか」

霧子の問いには答えず善三郎が不意に、

「六輔と瓢吉を霧子が殺したという者がおるが真か」

「おてんじゃろう。善三郎、そのようなことは馬鹿を装い、聞き逃せ。この一味で生き延びられるただ一つの手立てじゃぞ」

「分かった」

と応じた善三郎が、

「わしらはお兼という女子と会えるか」

「会えまい。お頭が斑鳩まで遠出することを決めたのは間違いじゃ。擦れ違っておろう」

と霧子が言い切った。

善三郎も霧子も夜の雪道の果てになにが待っているのか、全く予測もつかなかった。

二

数年後、霧子は野州《やしゅう》日光近くの金精峠を雑賀泰造日根八一味の一員として越えていた。姥捨の郷を出て、大坂、京などを放浪し、その日稼ぎの押し込み強盗を繰り返しながら、常に大坂代官や京都代官配下の役人に追われて逃げ回りながらの旅だった。また一味は東海道や中山道の警戒が厳しい五街道を避けて、脇往還や山道を辿りながら江戸へと少しずつ近付いていた。

その間に泰造一味の何人もが役人に捕まったり、自ら一味を抜け出たりして、時に六、七人まで減り、腹を空かせての旅暮らしを続けていたが江戸へと近づくにつれて、一味の人数が段々と増えて押し込み強盗の手口も巧妙になり、目星をつけた豪農や分限者《ぶげんしゃ》の家に押し入ると有り金を出させて、さあっ、と引き上げる所業を繰り返していた。

いつのころからか、泰造の言動が変わった。

「江戸に行けば大稼ぎができる。それに大物の後ろ盾《だて》が出来たからな。もう下役《しも》人に追い回されることもないぞ。わっしらがこの大仕事を果たしたらご公儀のもとで奉公することができるぞ。それまでけちな押し込みはやらぬ」

と配下の者に宣言した。

姥捨の郷を出て以来、霧子は自分が力をつけて雑賀泰造日根八へ、

「親の仇、お米婆の敵討ち」

をすることを一日たりとも忘れたことはなかった。だが、泰造日根八の周りには常に腹心の者たちがいて霧子が付け入る隙《すき》はなかった。とくに泰造の情婦として実権を振るい始めたおてんが霧子の行動を常に見張っていた。

泰造は霧子を全面的に信頼したわけではなかったが、といって一味から排斥《はいせき》する風もなかった。物心ついた折りから霧子が雑賀衆の下忍の技を身につけている

ことを、

「どう利用するか」

と迷っている風があった。

江戸近くの六郷川《ろくごうがわ》の流れを前にした泰造一味は、その数およそ三十数人と膨《ふく》れ上がっていた。

姥捨の郷を出た配下の者で残っているのは、泰造とおてんを別格にすれば霧子と善三郎ら四人で、腹心の大蛇の木之助も助八も押し込みの現場で役人に捕まったり、斬り殺されたりして、もはやいなかった。

霧子と善三郎の二人は押し込み強盗に入るお店や分限者の家を見つける仕事を任されていたから、実際の押し込みに加わることは少なかった。その代わり、泰造が霧子と善三郎に渡す「給金」は実際に押し込みに関わり、命を張る配下たちの三分の一にも満たなかった。

「霧子、お頭はおれたちを未だ信じてねえのか」

小田原城下の破れ寺を塒《ねぐら》に逗留《とうりゅう》して最後のひと仕事をしようという前日のことだ。二人で目星を付けた百姓家を見張りながら、善三郎が霧子に聞いた。

歳は善三郎が五つも六つも上だった。だが、霧子には泰造のもとで生き抜く知恵と覚悟と雑賀衆の姥捨の郷で習い覚えた技があった。霧子は姥捨の郷を出たとき以来、密かに独り技を練り、体を鍛えることを続けていたが、善三郎にもその姿を見せたことはなかった。

善三郎は年下の霧子の力と人柄を頭から信じて、霧子のいうことは聞いた。それがこれまでの押し込み強盗を繰り返す中で生き残ってこられた大きな理由だと承知していた。

「善三郎、いいか、お頭に疑われたら、わしらは押し込み強盗の場に取り込まれるぞ。お頭は配下の者の命など虫けら以下にしか思ってない。わしらは押し込みをし易い狙いの家を見つける、その仕事をこなすことに徹するのだ。それがわしと善三郎が生き抜いてこられた理由じゃからな」

「それは承知だ」

「善三郎はお頭のいうことを信じるか」

「江戸に出れば大仕事が待っておるという話か」

「ああ、その話だ」

「分からん。じゃが、お頭は京辺りでだれかと知り合うたことは確かだ。おてんもそのことを知っている様子はない」

「江戸か」

「霧子は承知か」

「姥捨育ちの人間が江戸を知るはずもなかろう。ともかく生き抜くことだ」

「おれは大金を摑んだら一味を抜ける」

「わしじゃからいい。他の者にさようなことを口にするでない、直ぐに始末されるぞ、善三郎」

「分かっておる。一味で信じているのは霧子だけだ」

と善三郎がいい、霧子は、

「江戸になにが待っているのか」

泰造の言葉への半信半疑の気持ちを拭いきれなかった。

江戸へと出てみると大坂とも京とも違い、一味の大半は初めて見る公方様の都の大きさに仰天した。そして、江戸じゅうが将軍徳川家治の日光社参の仕度に大騒ぎしていた。吉宗以来の四十八年ぶりのこの大行事に武家方はもちろんのこと町人までもが浮かれていた。

泰造の形《なり》が変わり、幾たびか「用人様」と話し合いを持った末に、一味は大回りをしながら日光へと潜り込んだ。

霧子はこの江戸以来の騒ぎに接したとき、

（日光で事が起こる）

と感じ取った。

だが、まさか己の身に転機が訪れるとは夢想もしなかった。

近頃、泰造は己のことを、

「総頭」

と呼ぶように配下らに命じた。新しく加わった七尺組頭の辰見《たつみ》喰助《くいすけ》ら三十人の配下がいた。

総頭の雑賀泰造は三十数人の配下を伴い、宇都宮に大納言家基の暗殺に向かった。その折り、霧子は善三郎、海輔《かいすけ》、熊造《くまぞう》の三人といっしょに日光に残された。

だが、総頭一統の大納言暗殺は失敗に終わって、日光滝尾神社の法華堂に虚《むな》しく戻ってきた。そして、泰造らは最後の機会とばかり、その夜、すでに日光に到着していた大納言再襲撃にすべてを賭けていた。

その宵のことだ。

「霧子、われらの敵はだれか承知か」

と海輔が聞いた。海輔は京から新たに加わった雑賀衆の者だった。

「知らぬ。海輔は承知か」

「おお、西の丸家基様を暗殺することが総頭に課せられた命じゃ」

「家基様をなぜ殺さねばならぬ」

霧子は海輔に聞いた。家基がどのような身分の者かも知らなかった。

「総頭の話を偶《たま》さか漏れ聞いた。家基は愚鈍《ぐどん》な若様じゃそうな。さような若様が次の公方様にならぬように総頭は暗殺を頼まれたようじゃ」

「だれが総頭に頼んだのだ」

「それは知らぬ。ともかくわれら、若い知恵足らずの家基を始末すれば江戸にて然るべき地位につけるそうな」

海輔の話を聞いた霧子は、

「海輔、その話をだれぞに伝えたか」

「いや、霧子が初めてだ」

「決してその話を他の者に話してはならぬ。総頭に殺されるぞ」

あむ、と洩らした海輔が首を竦めた。

霧子は泰造が背後にいる何者かに操られていると感じていた。そんな最中、偶然にも日光での大仕事が西の丸徳川家基を殺めることだと知った。

五つ半（午後九時）の刻限、霧子は滝尾神社の社務所に行くことを総頭に命じられた。

霧子は、独りの怪しげな人影を見た。雑賀泰造一味ではない。敵方か。その者の五体に緊張した様子は全く感じられなかった。

（仕留めるか）

霧子はその闇《やみ》に紛れた人影を追った。

その者は川の流れ、大谷川の岸辺に背を向けて腰を落とすと冷たい水で顔を洗い始めた。全く警戒した様子はない。

霧子は懐に忍ばせた雑賀衆の十字手裏剣を抜くと気配を消してその者の背後に接近した。

流れに両手を浸けた男が不意に頭から水中に落ちた。

霧子は流れを見ながら岸辺を下り、その者が浮き上がってくるのを待った。

だが、相手が一枚上手だった。不意に流れから浮き上がった男の両手が霧子の足首を摑み、流れに引き摺り込んだ。それは霧子の運命を変える一瞬だった。

次に気付いたとき、総頭の雑賀泰造が狙う家基の前に霧子は引き据えられていた。

霧子の前に澄んだ瞳《ひとみ》の若侍が立っていた。

「そなたら、予の命を縮めてなんとしようというのか」

明晰《めいせき》を思わせる言葉が大納言家基の口をついて出た。愚鈍な跡継ぎと海輔から聞かされていた徳川家基その人だった。

霧子はその問いに答えられなかった。さらに続ける家基の言葉に霧子は答えたのか答えないのか、記憶がなかった。ただ一つの言葉が耳に残った。

「世に政《まつりごと》を司る者どもの言辞ほど信頼のならぬものはない。そなたらは下働きに使われ、命を次々に落として滅びゆく。それが宿命《さだめ》じゃ」

霧子の胸に家基の言葉が突き刺さった。

(総頭はたれぞに騙されてこの若武者を殺そうとしている)

だが、家基の周りには一騎当千の者たちが従っていた。雑賀下忍の泰造日根八一派風情では敵うはずもない、と霧子は直感的に思った。

死を覚悟した霧子は、数日後、家基の御鷹匠《ごたかじょう》の鷹隼《はやぶさ》を預けられ、なんと徳川家基の一行に従って江戸へと向かっていた。

霧子は、雑賀泰造一味の大納言再襲撃が完膚《かんぷ》なきまでの失敗に終わり、おてんを残して一味が全滅させせられた光景を見ていた。

(わしの仇を家基に従う面々が討った)

なんということか。わしはこれからどう生きればよい、善三郎はどうなったか、霧子の脳裏にあれこれと想いが交錯した。

「おてんだけが生き残っておる」

と耳元に囁いたのは霧子を流れに引き摺り込んだ男、弥助《やすけ》だ。

「霧子、忍びも密偵もいろいろだ。家基様に助けられた命だ。これからどうするかしっかり考えねえ」

と弥助が教え諭すように言った。


金精峠を越え、沼田城下に出た家基らお忍びの一行は、日光を出て初めて旅籠《はたご》らしい旅籠に泊まった。むろん偽名だ。旅籠に草鞋を脱ぐ前に弥助が旅籠の女中に相談し、近くの古着屋に霧子を連れていき、木綿物ながら旅着一式を購《あがな》った。

霧子は弥助が女物の着物ひと揃いを平然と買い求める態度を黙って見ていた。

そして、旅籠に戻ると、

「姉さん、この娘を湯に入れたいんだが、女風呂はあるかえ」

「うちは沼田でも一、二の旅籠だ。お連れの若様は江戸の旗本の倅どのかね」

「まあ、そんなところだ」

「品がいいやね。よし、それにしても連れの女衆は汚れているね、風呂に浸かる前にしっかりと洗うんだぞ、われが垢《あか》すりをかけてやるべえ」

「着替えだ、今着ているものは捨ててくれ」

「ああ、お菰《こも》さんでも貰わねえほどの代物だな」

女衆が鼻を摘まんだ。弥助が霧子に、

「着ている道中着に縫《ぬ》い込んである物があるならば、湯に入る前に脱衣場で取り出しな」

と持ち物を新たな着物に移すことを許した。

弥助は雑賀衆下忍育ちの霧子が、たっぷり汚れた衣服にあれこれと下忍の道具を隠し持っていることを承知していた。

霧子は黙って頷いた。

夕餉の折り、家基以下の面々が部屋に集まった。だが、霧子の姿はなかった。

「着ているものが余りに汚いので、わっしが霧子を連れて古着屋で女物の旅着を買い与えました。風呂で身を清め、古着に着換えておりますので、しばらく時がかかっておりましょう。どうかお先に召し上がって下され」

弥助が隣部屋の佐々木玲圓に言葉をかけた。

「風呂な、あの雑賀衆下忍は湯に浸かったことがあろうか」

玲圓が応じて弥助の言葉を家基に伝えようとしたとき、廊下に人の気配がした。

そして、振り返った弥助が驚きの顔をした。

「弥助どの、どうなされた」

坂崎磐音《さかざきいわね》が弥助に声をかけた。

「いえ、ご一統様、なんでもございませんや。霧子が湯から上がってきましたんで」

と隣部屋の家基らに言い、霧子に、

「おまえの膳はこっちの部屋にある。ご一統様がお待ちだ、座れ」

と従者の部屋の空いた膳を差し、命じた。

家基一行から襖《ふすま》の陰に隠れて立っていた霧子が黙って部屋に入ってきた。その折り、一同の視線が霧子に向けられた。

家基は、うむ、という怪訝《けげん》な表情を見せ、

「この娘はだれか」

とだれにともなく問うた。

「は、いえ、それが」

と従者の五木《いつき》忠次郎《ただじろう》が首を捻《ひね》った。

家基が磐音に目顔で尋ねた。

磐音がちらりと霧子を見て弥助に視線を移し、

「弥助どの、霧子は正体を隠しておったか」

「そのようでございますな。あのような、無頼の雑賀衆下忍の男どもに混じっていたのでございます。わが身を守るためかもしれませぬ」

と弥助が答えた。それを聞いていた家基が、

「この娘が霧子なる女忍びというか」

と驚きの言葉を洩らした。

常に顔に炭を塗っていた女忍びの顔は十五の娘の若々しく整った顔立ちへと変わっていた。家基ではなくとも驚くのは当然といえた。

「ふっふっふ」

と笑った玲圓も、

「弥助どのさえ騙しおったか、この娘」

　となんとも嬉し気に言葉を洩らした。

　そのとき、弥助のいうように身を護ることの他に、霧子が雑賀衆下忍の一味に加わっていたのは曰くあってのことではないかと、磐音は漠とした考えに捉われた。霧子のこれまでの生き方は磐音らが夢想だにできぬほど苛酷なものであろうとも思った。だが、まさか後年、磐音らの生き方に密接に関わってこようなどとは努々《ゆめゆめ》考えもしなかった。

　もはや道中で顔に炭を塗りたくるような真似もできなかった。なにしろ少人数で護られた若武者は次の公方様ということを霧子は承知していた。

「若様、女忍びが素顔を見せるということは、もはや下忍の暮らしに戻らぬということでございましょう。若様がお助けになられた甲斐《かい》があったというものです」

　と玲圓が言いきり、

「娘が生き方を変えた祝いをせずばなるまい。弥助どの、酒《ささ》を頼んでいただけぬか」

　と命じた。

家基一行は密かに江戸へと戻った。家基主従を西の丸に送り届けたのち、佐々木玲圓と坂崎磐音師弟、それに弥助は霧子を江戸城近くの武家地にある剣道場へ連れていった。

霧子は旅の最中の会話で佐々木玲圓が剣術家として高名な人物であり、磐音がその高弟の一人であり、弥助は密偵の如き御用を勤めていると察していた。それにしても霧子は、武家地の道場に連れて来られるとは想像もしていなかった。

片番所付の長屋門と棟続きの長屋には門番代わりの老人と犬がいて、道場から若い住み込み門弟たちがぞろぞろと姿を見せた。この面々が、

「玲圓先生、お帰りなされ」

「磐音、よう戻ったな」

と丁寧に出迎えた。

そのとき、霧子は顔を手拭いで覆い菅笠をかぶっていた。傍らにいるのが密偵の如き弥助だ。女がいっしょでもだれも驚いた風もないが、中には霧子を、

「だれだ、この女」

という顔で無遠慮に眺める者もあった。

「利次郎どの、先生にご挨拶をなされたか」

磐音に注意された小太りの若い門弟が慌てて、

「玲圓先生、無事お帰りご苦労に存じました。次なる機会には、坂崎様になり代わり、この重富利次郎にお供させて下され」

と願い、

「利次郎、そのほうが坂崎の代わりに玲圓先生の供を務めるなど十年、いや、二十年早いわ」

と師範と思しき人物に若い門弟は一蹴された。

霧子は霧子で驚いていた。

なんと江戸城を望む武家地に直心影流佐々木道場はあった。佐々木玲圓を迎える門弟たちは和気藹々として師匠の帰りを心から喜んでいた。

弥助が片番所の隣りの長屋に霧子を連れて行った。

「霧子、この御長屋が住み込み門弟衆やわっしの住まいだ。わっしの隣りにおまえが住むことを先生が許された。好きなだけ住んでみて、この屋敷から出ていきたければ出ていくがよい。だれも引き留めはせぬ。分かったな」

弥助が言った。

そこにはすでに行灯《あんどん》が用意され、布団など夜具一式が整っていた。

玲圓の許しを得て磐音が内儀のおえいに旅先から早飛脚を届け、玲圓一行が帰る日にちと娘が一人長屋住まいすることを知らせていたのだ。

「よいか、この敷地の中にいる限り、何者も忍び込もうなどとは考えぬ。江戸一番の剣道場でな、あのように多士済々の住み込み門弟がおられる」

「わしは」

と言いかけた霧子が慌てて、

「私はこの長屋に住み暮らしてよいのですか」

と言葉遣いを変えて弥助に尋ねた。

「そなたの命をお助けになったのがどなたか、雑賀衆の女下忍でも察しておろう」

霧子が頷いた。

「そなたが生きていてよかったと思うたときには、あのお方にお礼を申せ。玲圓先生を通してな。だが、もはやそなたは承知であろうが、われらが日光に参ったことは道場のだれにも話してはならぬ。よいか」

うん、と頷いた霧子は慌てて、

「はい」

と返事をし、

「朝にもお内儀様にそなたを引き合わせる。その後のことはお内儀様と相談いたせ」

と弥助が命じて長屋を去った。こうして霧子の神保小路直心影流佐々木道場での暮らしが始まった。

安永《あんえい》五年（一七七六）の夏のことだった。

三

霧子は未明の七つ半（午前五時）時分から道場の内外の掃除を始めた。

弥助に命じられたわけではないが、霧子は弥助や門番の老人といっしょに長屋門から神保小路の掃き掃除をした。

道場では住み込みの若い衆が拭き掃除をし、神棚の榊や水が取り替えられると稽古が始まった。

霧子はだれに言われたわけではないが、ひたすら道場の外回りの掃き掃除を続け、道場の外廊下の下に舞い込んだ落ち葉を拾った。道場の裏手に回ると渡り廊下があって、道場と佐々木玲圓の住まいを結んでいた。

おえいは掃除をする霧子に気付いて声をかけてきた。

「おや、そなたが日光からわが亭主らに連れてこられた霧子さんですね」

娘は、きいっ、と身構えたあと、怯えたように立ち竦んだ。

その瞬間、おえいはこの娘が生きてきた苛酷な人生を想起した。道場の若い門弟がだれ一人として経験したことのない、苛酷にして救いのない生き方をしてきた、いや、させられてきたのだと悟った。

「はい、霧子です」

と娘が立ち竦んだまま名乗った。

「私は佐々木えいですよ。霧子さん、男ばかりの剣道場です、戸惑いましょうね。また江戸は初めてと亭主どのから聞きました。しばらく私の手伝いをしながら道場の暮らしに慣れませんか」

玲圓が娘について、なにか格別なことをおえいに告げたわけではなかった。だが、この娘を男ばかりの剣道場に放り出すわけにもいくまい、とおえいは直感的に思ったのだ。

一方霧子もまた江戸は初めてではなく、雑賀泰造日根八一味の一人として数日間滞在していたが、寝泊まりしていた破れ寺が複雑に入り組んだ堀の縁にあり、江戸のどこに位置するのか、理解もつかなかった。ゆえにおえいが江戸は初めてと思っていることを霧子は訂正しなかった。それにその短い滞在が、公方様の跡継ぎを殺害する仕度のためなどと、おえいに洩らしてはならないと思った。

おえいは、霧子の断髪を後ろで紐で結んだ頭と、弥助が沼田宿の古着屋で買い求めた縞柄《しまがら》の木綿の着衣姿を見て、

「まずは髪が伸びるまで、母屋で私の手伝いをして過ごしなされ」

と霧子に言った。

徳川家治の日光社参に同行したはずの亭主の玲圓は、

「日光から一人、娘を連れ戻る」

と旅の途次から飛脚を通しておえいに伝えてきただけだ。おえいはこの娘の頑なな表情に、

（並みの暮らしをしてきたわけではない）

と思い、自分の手許《てもと》でしばらく過ごさせようと考えたのだ。

すでに道場では掃除を終えて朝稽古が始まっていた。

その稽古の音を一瞬気にする表情を見せた霧子を、おえいは台所に連れていき、女衆二人に、

「あきさん、とねさん、この娘に台所仕事を手伝わせてくれませんか。江戸で育ったわけではありませんから、江戸のことはなにも知りません。霧子さんに最初から丁寧になんでも教えて下さいな」

と願った。

「お内儀様、道場に娘が行儀見習いかね、珍しいね」

と通いで道場のめしの仕度の手伝いにくるあきがおえいに言うと、霧子の断髪に視線を向けて、

「霧子さんというたね、まず腹減らしの若い衆にたっぷりめしを食わせるのがうちらの仕事や。朝稽古が終わった後と夕刻に、二度のめしを拵《こしら》える。あんたは台所仕事をしたことがあるね」

と尋ねた。

霧子は姥捨の郷のお米婆の家で物心ついたかつかぬ折りから、今までの十二、三年の歳月に、台所仕事をした覚えはなかった。幼い折りは雑賀衆の少年らに交じり、内八葉外八葉の裏高野の山々を走り回って山菜や山の生り物を採り、時に

は魚を釣り、時には兎や猪を罠《わな》にかけて捕まえる日々を過ごした。自然の恵みの山の幸や川の恵みをお米婆が調理した食い物を、当たり前のように食べて過ごした。そしてそのあと、泰造一味の旅は押し込み強盗を生業に役人の眼を盗む流れ者暮らし、調理をした経験など一度としてなかった。

霧子は首を横に振った。

「あんた、口が利けんとね。他人の問いにちゃんと答えられんね」

ととねに注意されて、

「台所仕事とはなんですか」

と尋ね返していた。

「呆れた。あんた、お姫様育ちね、その形からそうとも思えんね。よか、まず膳を出して並べてみんね。ただ、出すだけじゃなかよ。名があろうが。師範の本多さんが台所のこの場所に箱膳をおくと。あとはおいおい顔と膳の名とを覚えなされ。稽古を終えた若い衆は、めし櫃《びっ》と味噌汁の大鍋からてんで勝手に盛りつけるからね、私たちの仕事はめしを炊き、菜や汁を下拵えから味付けまで、料理をすることよ」

ととねが説明したが、霧子はなにをしてよいのか分からず、板の間の端に置かれた膳を板の間に並べた。その様子を見たおえいは二人の女たちに何事か命じた。

霧子の佐々木道場の日々はこうして始まった。

朝稽古を終えた門弟衆が十数人やってきて朝餉《あさげ》を凄《すご》い勢いで食べ、片付けていくと、嵐が去ったように台所が静かになった。

霧子はその台所で、とねとあきの二人と一緒に朝と昼兼用の食事をとった。

玲圓から霧子について改めて聞いたか、おえいは日常の細々した仕事を一から教え始めた。

とねとあきの二人に教えられ食事の作り方の手伝いになれたころ、おえいは霧子を道場の外へと連れ出し、巾着《きんちゃく》を持たせて買い物をさせてみた。

霧子は初めて、品物を購うには銭を払わねばならないことを体験した。姥捨の郷では幼い子供が銭を使う要はなかったし、泰造一味との日々では食い物を作ることなく、ざっかけないめし屋で食した。この折り、だれがめし代を支払ったか霧子に覚えはなかった。

神保小路でおえいのもと、暮らし方をなんとか一通り知ったころ、霧子は深夜、道場の長屋を抜け出して、江戸の武家地や町屋を闇と暗がりを伝い隠れて走り回って、江戸の町並みを覚えていった。霧子にとって裏高野の内八葉外八葉とは全く様相が異なる江戸の町並みが、雑賀衆の女下忍としての修行の場だった。それはある意味、姥捨の郷や泰造一味との押し込み強盗の暮らしより危険といえた。

霧子が密かに抜け出すことに気付いたのは隣部屋の弥助だった。初めて霧子の気配を感じた弥助は、

「霧子め、道場から逃げおるか」

と考えた。だが、朝稽古が始まったあと台所を覗くと、霧子がいつの間にか道場に戻っている姿を弥助は認めた。

「そうか、霧子はどうやら深夜に独り修行をしておるのか」

と得心した。

そのことを弥助はまず日光社参の極秘旅に同道した坂崎磐音に相談した。話を聞いた磐音は、

「弥助どの、当分霧子の好きなようにさせてはいかがか。いつの日か霧子が自ら話すのを待つのだ」

と答えたものだ。弥助も磐音の忠言を受け入れて霧子の行動を見て見ぬふりをした。

霧子が神保小路の佐々木道場の長屋で暮らし始めてどれほど過ぎたころか、磐

音が霧子に話しかけた。

「霧子、どうやら道場の暮らしに慣れたようだな、道場の稽古に出てみぬか」

「女の私が道場で稽古をしてよいのですか」

「佐々木道場に女門弟は許さじ、という触れはないからな」

と磐音が霧子の問いに答えた。

むろん玲圓と弥助に相談の上のことだった。

それにしても坂崎磐音という人物ほど霧子にとって不思議な門弟はいなかった。台所の女衆や住み込み門弟の話から察すると、かつて西国の大名家の重臣の嫡男として佐々木道場の住み込み門弟をしたこともあったとか。それが今では藩を脱けて、川向こうの深川の裏長屋暮らしをしているという。

門弟たちは磐音のことを話すとき、尊敬と憧れをこめた口調で語った。噂の断片をつなぎ合わせると、坂崎磐音という人物は、藩騒動に巻き込まれ、同じく佐々木道場で修行をした藩の朋友二人を失い、許婚《いいなずけ》までなくしたという。

そのような苛酷な体験をしながらも坂崎磐音の顔に暗さは一切感じ取れなかった。また深川の裏長屋暮らしをしながら、朝は鰻割《うなぎさ》きの仕事をして江戸でも一、二の両替商今津屋《いまづや》の後見を務め、そして佐々木道場に稽古にくると直心影流の道

場では、

「居眠り剣法」

と呼ばれる不思議な剣風の持ち主だという。その人柄と剣術の力は、佐々木玲圓の認めるところだという。のちに霧子の知ったことだが、玲圓の猛稽古、

「百回昏倒三刻稽古」

を幾たびも経験したのは佐々木道場で磐音だけだそうな。西の丸徳川家基の日光社参の警護方として磐音が従ったことでも明らかだと、霧子は思った。

翌朝、台所の下拵えが一段落ついた折り、おえいが霧子に、

「本日から道場稽古に出てよしとの亭主どのの命です」

と伝え、いつの間に用意したか稽古着一式を霧子に渡した。

「有難うございます、お内儀様」

と礼を述べた霧子は、長屋で稽古着に着換えると道場に初めて入った。

五つ（午前八時）の刻限だった。

百余畳と広い道場に百数十人の門弟衆が打ち込み稽古をしていた。その壮観さと緊張感に圧倒された。

「霧子、体を動かしてみぬか」

と声がかかった。

なんと居眠り剣法の主、坂崎磐音だった。

「坂崎様、剣道場で稽古をしたことなどありません」

「そなたの動きを見ておると、幼き頃より体を動かしていたことが分かる。どのような動きでもよい、それがしに打ち掛かって参れ」

と言った磐音の手には定寸の木刀より短い木刀が持たれていた。そして、当人は竹刀を携えていた。

「この長さでは不足か。ならば好きな長さに変えてもよいぞ」

「いえ、これでようございます」

と応じた霧子は、木刀の素振りを繰り返して驚いた。磐音は霧子の体付きと力を考え、霧子に打ってつけの木刀を渡したのだ。

「坂崎様、下忍の技です、ようございますか」

霧子の言葉遣いはおえいからしっかりと直されていた。磐音はその分、霧子が細い体に秘めた「野性味」が薄れたのではないかと一瞬考えた。

だが、構え合ったあとの霧子の動きは猛烈なものだった。迅速にして巧妙、かつ変化に富み、仕掛けがあった。

磐音はいつものように竹刀を正眼に構え、霧子が間合いに入るのを待った。

「春先の縁側で日向《ひなた》ぼっこをしながら居眠りしている年寄り猫」

と門弟たちの話を漏れ聞いた剣風がこれかと、霧子は得心しながら、物音も立てず、気合も発せず、迅速機敏な動きの中で不動の磐音に接近する「隙」を見つけようとした。だが、霧子が初めて経験する眼に見えない壁に阻《はば》まれて、間合いに入ることができなかった。

「どうしたな、霧子」

と言った磐音が静かに後退を始めた。その瞬間、これまで見えなかった壁が破れたと察した霧子が打ち合いの間合い内に入り、木刀を揮った。だが、春風でも吹き抜けたような動きで、竹刀が霧子の木刀を弾いた。

霧子は磐音の竹刀の動きとは反対側に飛び移り、二撃目を出した。するとふたたびはなぜか霧子の木刀が空を切った。

（なぜだ）

それでも霧子は間合い内で動きながら短い木刀を打ち込み、突き、さらに逆手に持ち替えて胴を叩いた。すべて空を切らされ、いつの間にか霧子の息が上がっていた。

「参る」

と磐音が声を発し、一瞬、霧子が飛び下がろうとした瞬間、磐音の竹刀が面上に止まっていた。そして、霧子は腰砕けに床に転んでいた。

(これは稽古でも打ち合いでもない)

霧子の力量を磐音が試したのだと思った。

一月後、道場で霧子が独り稽古をしていると住み込み門弟の松平辰平《まつだいらたつぺい》が寄ってきて、

「霧子、坂崎さんの居眠り剣法の餌食《えじき》になったたな。気にするな、坂崎磐音というお方は佐々木道場でも別格、先生も手を焼く居眠り剣法の持ち主だ」

と慰めるというよりからかいの口調で言った。

「気になどしておりません」

「そうか、そうならよい。どうだ、おれと稽古をせぬか」

と道場で痩せ軍鶏《やしやも》と呼ばれる辰平が霧子を誘った。しばし辰平の顔を見た霧子が頷き、

「竹刀でよいですね」

「おお、初心者は竹刀がよかろう」

と自ら手にしていた木刀を竹刀に変えた。

「辰平さん、私は剣術の基を知りません。それで宜《よろ》しいですね」

「過日、坂崎さんに稽古をつけてもらったあれでよい。おれは坂崎さんほど余裕がないかもしれんで、竹刀がそなたの体に当たったら許してくれ」

「手加減だけはお断りします」

「おお、よいよい」

と辰平が竹刀を正眼に構えた。

霧子が一礼し、顔を上げた瞬間、一気に間合いを詰めて未だ正眼に鷹揚に構えたままの辰平の小手を叩いた。

「あっ」

と驚きの声を上げた辰平が、

「すまん、油断をいたした」

と叩かれた小手を気にしながら再び正眼に構えた。そのとき、霧子は最前の場所に戻り、二尺余の竹刀を片手に持つとゆっくりと間合いを詰めてきた。

辰平が上気した顔で霧子を睨み付け、自らも踏み出しながら霧子の面を打とうとした瞬間、辰平の視界から霧子の姿が消えていた。

「ああー」

と訝し気な声を洩らした辰平の横手から人影が飛んできて、痩せ軍鶏の胴をばしりと叩いて、
ひょい
と飛び下がり、片手の竹刀をこんどは右手から左手に持ち替えて、

「参ります」

と声をかけた途端一気に間合いを詰めた霧子の左手の竹刀が再び胴を叩き、さらに反対側から胴を打つと辰平がよろめいた。だが、なんとかその場に踏ん張り、

「ううーん、霧子の剣術は確かに直心影流の剣術ではないな。よし、それがしも本気を出す」

と腹を打たれた痛みを堪えて、竹刀を構え直した。

痩せ軍鶏と霧子の立ち合いを住み込み門弟の全員がにやにや笑いながら見ていたが、もはや辰平には朋輩が見ていると気付く余裕はなかった。

「霧子、覚悟をせよ。松平辰平、霧子が女子《おなご》だとつい侮《あなど》った。もはやおまえの奇妙な動きは見切った」

と竹刀を構え直した辰平が霧子に向かって一気に間合いを詰めていった。先手を取られて動揺した辰平の攻めは上体だけ先行し、足がついていなかった。無様な格好で霧子に迫った辰平はまた幻惑された。霧子の姿が動いた風はないのに消えていた。

「あれ」

と驚く辰平の前に、低い姿勢でその場にしゃがんでいた霧子がなんとも敏捷《びんしょう》な動きで、動きを止めた辰平の足を竹刀で払った。すると痩せ軍鶏の体が道場の床に転がった。

「勝負あり、霧子の一本」

と宣言したのは辰平と同じころ佐々木道場に入門していた重富利次郎だった。

「と、利次郎、ま、敗けてはおらぬぞ」

床に転がされた辰平が声を絞り出した。

「あれが負けではないとしたら、なんだ。辰平は床に転がっておるではないか」

「く、くそっ」

と辰平が素手で床を何度も叩いて悔しがった。

「愚か者が」

と師範の本多鐘四郎の声が道場に響き渡って、

「辰平、そのほう、霧子の力を見誤ったのだ。すでに打ち合いの前に負けておる。道場を出て半刻ほどこの界隈を走って参れ」

と命じられた。

「は、はい」

とようやく応じて立ち上がった辰平の眼に涙が光っているのを利次郎は見た。

この騒ぎがあって一月もしたころ、独り稽古に打ち込む霧子の前にこんどはでぶ軍鶏の利次郎が立った。

「霧子、おれと稽古をしてくれぬか」

利次郎の顔は眼前で辰平が完敗しているのを見ているだけに真剣だった。黙って頷いた霧子と利次郎は、対面すると一礼し合い、利次郎は素早く正眼に構えた。それを見た霧子が相変わらず片手で短い竹刀を持ち、利次郎の正眼に合わせた。両手正眼と片手正眼が一気に間合いを詰め、互いが激しく攻め合った。利次郎は未だ形すら会得していない直心影流を捨てて、幼いころから北八右衛門新田の下屋敷の野天道場で振り回していた我流剣法で、霧子の雑賀衆女下忍の技に応対した。だが、利次郎の我流剣法が通じたのはわずかな刻限だけだった。

霧子の片手の竹刀が利次郎の太ももにびしりと決まり、よろめいた瞬間、必死で床に転がることを避けたでぶ軍鶏の口から、

「参りました」

と潔い言葉が出て霧子に一礼した。

霧子も無言で礼を返した。

佐々木道場の新入りの三人が互いの腕前を確かめ合った夏の季節だった。

四

「おい、まずいぞ」

痩せ軍鶏の辰平が串だんごを頰張るでぶ軍鶏の利次郎に言い、

「悔しくはないのか」

とさらに言い募った。

「なにが」

利次郎がようやく反応した。

「決まっておるではないか。おれもおまえも小娘の新入り霧子にやられたではな

いか。道場で噂が飛んでいるのを承知か」

「噂だと、おれたちは弱いから負けた。辰平、それがどうした」

「小娘にでぶ軍鶏と痩せ軍鶏がやられたと、門弟衆がいうておられるのだ」

「ああ、おれの耳にも入っておる。われら二人は油断したから負けたのではない。弱いから負けたのだ、致し方あるまい」

「ただの門弟衆にやられたのではないぞ。女じゃぞ、小娘にやられたのじゃぞ」

利次郎が串だんごを食し終えて辰平を見た。

昼下がりの刻限、佐々木道場から神田川を渡ったところにある湯島天神の境内《けいだい》の茶店だ。

「辰平、噂によるとな、霧子はわれらと違い、修羅場《しゅらば》を潜って生きてきたのだ。辰平やおれと違い、生き死にを経験してきておる。未だ道場で下から数えて何番目かのわれらが敵う相手ではないわ」

「どうしてさようなことを承知か」

「弥助さんに尋ねたのだ」

「えっ、弥助さんと霧子は関わりがあるのか」

「霧子を神保小路に連れてきたのは、日光社参に同行された玲圓先生、坂崎磐音様、弥助さんじゃぞ。霧子は何者ですか、とそなたが手ひどく叩きのめされたあと、尋ねてみた」

「弥助さんがなにか喋ったか」

「いや、霧子についてはなにも申されなかった。だが、『辰平さんが負けたのは、修羅場を潜った差ですよ』と言われた」

ううーん、と唸《うな》った辰平が、

「修羅場を潜った差じゃと、道場稽古では敵わぬか」

「おれはそなたが霧子に打ち負かされたのを見て、あれこれと策を巡らした」

と利次郎が手にしただんごの串を見ながら思い出すように応じた。

「考えた策が役に立ったか」

「辰平も霧子とおれの勝負を見たであろうが、話にもなるまい。気力敗けじゃな。女子とて生き方が違えば強い」

「悔しいな。どうすればよい」

辰平が顔を歪《ゆが》めて利次郎に尋ねた。

「玲圓先生にお尋ねするわけにもいくまい」

「聞けるものか」

と応じた辰平がしばし沈思し、

「おお、坂崎様に聞くのではどうだ。あのお方は豊後《ぶんご》関前《せきまえ》藩の国家老の嫡男であろうが。そのお方が藩を抜けて深川の長屋住まいをしておられる。ただ今の佐々木道場で玲圓先生は格別として、坂崎様の居眠り剣法がいちばん強いとおれは思うておる。それに武家奉公だけではのうて、市井の暮らしにも通じておられる。なにより修羅場を潜ったことが幾たびもあると聞いたことがある。どうだ、おれの考えは」

「そなた、霧子を負かす手を教えて下さいと尋ねる気か」

「さようなことが聞けるか。じゃが、坂崎様へお尋ねする役目はおれに任せよ。二人して誠心誠意にお頼みするのだ」

と辰平が胸を張り、利次郎に命じた。

「その代わり、この茶店の茶代を利次郎、おまえが払え」

「なに、おれの懐具合を当てにして串だんごを頼んだか」

と言いながらも、利次郎が過日母親から頂戴してきた小遣いで払った。

半刻後、二人の姿は両替商今津屋の店先にあった。

二人に気付いたのは老分《ろうぶん》番頭の由蔵《よしぞう》だ。

「おや、松平様に重富様ではございませぬか」

日光社参に関わった今津屋は幕府の勘定方に助勢し、その警護を務めた坂崎磐音の功績に武具などを佐々木道場に贈っていた。また日光社参の最中に辰平と利次郎は今津屋の長屋に住み込み、不寝番をしたこともあった。ゆえに坂崎磐音を通じて今津屋と佐々木道場が親しい付き合いをしていることを二人の若者も承知していた。

「こちらに坂崎様がおられると聞いて参りました」

「後見ですか。おられます。ただ今、おこんさんの供で使いに参っておられますが、さほど長くは掛かりますまい。お待ちになられませぬか」

と由蔵がなんの用事かという表情で二人に話しかけ、

「よろしいですか」

と辰平が応じた。

「店座敷にてお待ちになりますか」

「いえ、迷惑でなければ店の片隅で待たせて下さい」

辰平と利次郎は広い店の上がり框《がまち》の片隅に腰を下ろした。

夏の光が今津屋の店の外に白々と降っていた。汗を額に光らせた辰平が、

「坂崎様は今津屋の後見ですか」

と帳場格子《ごうし》の奥の由蔵に質した。

「給金なしの後見方です」

「そうか、坂崎様は天下の今津屋後見方ですか。われらの憧れは坂崎磐音様です、番頭どの」

「ほうほう、若様方の憧れがな、気持ちは分かります。坂崎様は腕が立つうえに、お人柄もよろしい。そんなこともあり、うちのおこんさんとゆくゆくは所帯を持たれる」

初めて知った二人が上がり框から、

「えええっ」

「そんなこと初めて聞いたぞ」

と驚きの言葉を発しながら、ぴょんと立ち上がった。

由蔵もちと早まったかと迂闊を悔いた。

「坂崎様とおこん様が夫婦《めおと》になられるのですか」

「ご存じなかった。これはうっかりと口が滑りましたな」

と由蔵が当惑の顔をしたところに、爽《さわ》やかな夏姿のおこんの付添いの体で磐音が戻ってきて、

「辰平どのに利次郎どの、道場の御用かな」

と尋ねた。

「いえ、私事でございます」

と辰平が応じた。

そのとき、なにを考えたか利次郎が辰平の袖を引き、

「辰平、もうよいではないか、用事は済んだ。道場に戻ろう」

と言った。

「おや、どうなされましたな、若様方」

と由蔵が二人を見た。

「坂崎様、われら、馬鹿馬鹿しい話を坂崎様に相談に参ったのですが、笑われるだけです。辰平、道場に戻るぞ」

利次郎が辰平を強引に強い陽射しの表に引いていこうとした。

「お待ちなされ、辰平どの、利次郎どの」

と引き留めた磐音がおこんになにかを申しつけ、おこんが笑みの顔で奥へと姿

を消した。

「そなた方の相談がなんとのう推量できたのでな」

のんびりとした口調で磐音が言い、

「えっ、坂崎様は卦《け》も見られますか。利次郎と私がここにきたわけをご存じなのですか」

と辰平が尋ね返した。

しばし間をおいて二人の顔を正視した磐音が、

「過日、二人して霧子に道場で散々な目に遭わされたことと関わりござろう」

「当たったぞ」

と辰平が嬉《うれ》しそうに言い、利次郎は顔を伏せた。

「霧子を打ち負かす策はないかとの相談ではないか」

「は、はい」

と辰平が応じた。

「辰平どの、利次郎どの、手立てはただ一つにござる」

「そ、その策をお教え頂けますか」

と辰平が勢い込んで尋ねた。

「これまで以上に道場で稽古をなされ」

「ああ、さようなことですか」

と辰平が愕然とした顔付きでまた上がり框に腰をおろした。

そのとき、おこんが姿を見せて、

「店座敷にどうぞ」

と磐音に告げた。

「これ以上店先でできる話ではござるまい。今津屋さんの店座敷をお借りする。二人してそれがしに従いなされ」

と毅然とした口調で命じた。

それから半刻余り、辰平と利次郎は磐音から懇々と説諭された。次に店に出てきたときには辰平の顔には涙の痕があり、利次郎の顔は引き攣《つ》っていた。

「今津屋どの、店先をお騒がせいたしました」

とそれでも利次郎が言い、由蔵に頭を下げた。

「なんのことがありましょう。佐々木道場と今津屋は身内みたいな間柄、相談したりされたりするのは、格別なことではありませんよ。いつでもお出でなされ」

と肩を落とした二人を由蔵が送り出した。

小僧の宮松《みやまつ》は、二人が両国西広小路の一角にある両替商今津屋の店からとぼとぼと人込みの中に姿を消すのを見ていたが、店に戻ってきて、

「老分さん、あの二人は女門弟に負けたのですか」

と聞いた。

「宮松、見聞きしたことには口にしてよいこととしてはならぬことがございます。二人のことは他人に話してはなりませんぞ。必ずあの若衆をうちの後見が立ち直らせますでな」

と告げた。

そんなことがあったあと、神保小路界隈に、

「近頃、痩せ軍鶏とでぶ軍鶏の打ち合いが一段と激しくなったな、なんぞあったか」

「霧子に道場で負けたので発奮しておるのでないか」

「かもしれぬ。じゃが、ああ、直心影流の基も忘れて、ただ子供の諍《いさか》いのように竹刀を振り回し、叩きつけておるだけでは剣術とはいえまい」

「若いうちはあのような時代もあってもよかろう。己自ら気付くしか手はないからな」

などと先輩門弟衆が二人の稽古ぶりを噂し合った。

軍鶏の喧嘩《けんか》が夏じゅう続くことになった。

日光社参が無事に終わったことを祝う猿楽《さるがく》が催され、磐音の父正睦《まさよし》も城中に招かれて見物をする栄に浴したあと、正睦らは佃島《つくだじま》から藩の御用船に乗り、豊後関前へ帰国の途についた。

そんな最中にも、松平辰平と重富利次郎の軍鶏の喧嘩稽古は飽きずに繰り返されていた。

安永五年の秋から冬へと季節が移ろい、昼下がりの佐々木道場で二人の相変わらず騒がしい稽古が続いていた。そこへ稽古着姿の霧子を伴い、磐音が姿を見せた。

軍鶏の喧嘩の傍らで磐音と霧子は向かい合い、稽古を始めた。それは直心影流の基に則ったかたち稽古で、ゆったりとした動きだった。

雑賀泰造日根八の一味だった霧子は弥助に捕まり、佐々木玲圓や磐音たちが徳川家基の暗殺を企てた一味を悉く《ことごと》退治したあと、家基の言葉に従って江戸神保小路の佐々木道場に連れてこられたのだ。

佐々木道場に来た当初、霧子は磐音に立ち合い、これまで培ってきた雑賀流下

忍の技を悉く封じられて、

「下忍の技は捨てる」

と洩らしたこともあった。あの折り、磐音は霧子の力量を、生き方を動きの中に確かめたのだ。そのことを霧子は承知していた。

あのときからどれほどの月日が過ぎたか、磐音から稽古をしてみぬかと誘われたのだ。

霧子は「下忍の技は捨てる」と心に決めたものの、これまで雑賀衆下忍の技と生き方は、唯一頼るべき、

「よすが」

であった。

そんな霧子が昼下がりの道場で無言のうちに磐音から直心影流の基のかたちと動きを習っていた。

傍らで真っ赤な顔に汗を流しながら、

「辰平、これでも喰らえ」

「その程度の打ち込みはおれに効かぬ」

などと叫びながら騒がしく軍鶏の喧嘩と呼ばれる「稽古」を続けていた二人が

突然動きを止めて、磐音が霧子に教える直心影流の基を見ていたが、

「坂崎様、われらにもご指導くだされ」

と利次郎が願い、霧子の傍らで磐音の指導に従った。

道場が急に静かになり、緊張が支配した。

「霧子、腰が浮いておるぞ。足をぴたりと床につけて腰はそう動かしてはならぬ」

「辰平どの、動きに間を持つのじゃ」

「利次郎どの、肩に力が入り過ぎておる」

と磐音に注意をされながら、半刻ほどの稽古が終わった。

「霧子、退屈ではないか。基の稽古は」

「いえ、気持ちのよい汗を掻きました」

「ならばよい。霧子、そなたが物心ついた折りより見様見真似で覚え、長じて男衆より習った雑賀下忍の技をわざわざ捨てることはあるまい。佐々木道場で修行する教えとはいささか違ったところがあろうが、霧子の下忍の技は捨てるには惜しいものよ。かてて加えて直心影流の教えを身につけるならば、一段と優れた雑賀下忍の技量となるであろう」

「坂崎様、私は下忍の技を捨てる要はないのですか」

「玲圓先生が『捨てよ』と申されたか」

「いえ、さようなことは」

「申されまい。そなたならではの特技じゃ。その技を生かすためにもおえい様の手伝いの合間に道場で稽古をなされよ。五年後、十年後の変わりようを楽しみに待とう」

「はい」

と霧子が素直に返事をした。

「あのう、坂崎様、われらはどうすればよいのでしょう。過日、今津屋で『これまで以上に道場で稽古をせよ』とのお叱りを受けましたが、少しは上達したのでしょうか」

と遠慮した声音で利次郎が磐音に尋ねた。

磐音の眼差しが利次郎から辰平に移った。

「そなたはどう思われる、辰平どの」

「どうにもこうにも上達したのやら下手になったのやら、それがしには分かりません。ただ、利次郎に一発面を叩きつけることがなかなかできなくなったことだけはたしかです」

「おおー、それがしも辰平にこれまで容易《たやす》く打っていた胴打ちが効かなくなったな」

二人の話を聞いた磐音が、

「二人して軍鶏の喧嘩剣法を会得しておるのやもしれぬな」

と苦笑いの表情で言った。

「えっ、われらの稽古、これでよいのでございますか」

二人の言葉に霧子の顔に笑みが浮かんだ。

「霧子、笑うな」

と辰平が磐音を気にしながら言った。

「御免なさい」

「なぜ笑った」

辰平を見返した霧子が、

「坂崎様は私には五年後、十年後の変わりようが楽しみと申されました」

「おおー、霧子に手もなくやられたわれらは二十年も修行せねばならぬということか」

と利次郎が愕然として肩を落とした。

「利次郎どの、辰平どの、そなた方は実力伯仲のよき稽古相手である。二人で飽きるまでとことん、力を出し切って打ち合いなされよ。他人の技を見て右顧左眄《うこさべん》している暇などあるまい。道場に漂う気がそなた方に自ずと教えてくれよう。よいか、その声音を聞き漏らしてはならぬ」

と磐音が忠言した。

「よし、われら、軍鶏の喧嘩剣法の確立を目指すぞ」

と辰平が言い、利次郎が、

「辰平、かかってこよ」

と応じて再び昼下がりの佐々木道場に騒がしい稽古の音が響いてきた。

霧子も利次郎も辰平も未だ剣の道の入口にも達していない、

「未熟の時代」

のただなかにあった。

第四話　平林寺代参

一

佐々木玲圓とおえい夫婦の養子となる決心をした坂崎磐音は、尚武館道場が完成し、柿落《こけら》としの剣術大試合を無事に催した直後、長年勤めていた深川名物鰻処の宮戸川の職を辞することにした。

その直後、玲圓に呼ばれた磐音は、

「磐音、あれこれと忙しい折りに恐縮じゃが、わしの代参を務めてくれぬか」

と願われた。

「代参でございますか、どちらでございましょう」

「そう遠くはない。川越往還の途中の大和田《おおわだ》宿野火止《のびどめ》にある禅刹《ぜんさつ》平林寺《へいりんじ》じゃ。尚武館道場の改築も無事になり、そなたが跡継ぎになればひと安心。わしが行くのが礼儀に適《かな》うと思うてはいるが、跡継ぎのそなたがわしの代わりを務めてくれるのも今後のためかと思うたのだ」

磐音は臨済宗妙心寺派の平林寺の名を知ってはいても訪ねたことはない。

「川越往還の途中と申されますと、片道十里もございませんか」

「中山道の板橋宿で川越往還に分岐して練馬、白子《しらこ》、大和田宿と進み、この宿場近くの野火止にあるゆえ、八里ほどと記憶しておる」

「ならば一泊にて往来できましょうな」

「そなた、松平大和守直恒《なおつね》様の川越城下を承知であったか」

と話柄を変えて尋ねた。

「いえ、存じませぬ」

「折角平林寺を訪ねるのだ。寺の宿坊に一晩厄介になり、次の日は川越城下まで足を延ばし数日逗留して、見物して参れ。帰路は川越舟運《しゅううん》で一気に江戸まで戻ってくるがよかろう」

玲圓が旅の日程まで指示した。

「行きは川越往還、帰りは川越舟運と申されますか。なんとも贅沢な旅でございます」

「連れがおるでな。さようなことを考えた」

「うむ、連れと申されますと、どなた様でございましょう」

「そなたの妻女となり、ゆくゆくは佐々木家の嫁女となるおこんじゃ。おこんは今津屋を辞したのち、関前藩の御用船で豊後に向かう長旅が待っておろう。その前に二人して息抜きをして参れ」

「おこんさんが承知しましょうか」

「今津屋どのには話を通しておる」

と玲圓が言った。なんとも早手回しの用命だった。

玲圓は、このところ磐音が刺客に不意打ちを食らい、怪我をしたことなどを踏まえ、かような息抜きを考えてくれたようだ、と磐音は養父になる師に感謝した。

「それがしとおこんさんの二人にございますか」

とは申せ、未だ祝言《しゅうげん》を上げぬ身で、過日は法師《ほうし》の湯に行き、豊後関前の長旅を前にして平林寺代参、川越城下訪問をおこんの父金兵衛《きんべえ》がどう考えるであろうかとしばし磐音は思案した。

「このところ、そなたもおこんもあれこれと厳しいことが目白おしであったな。

偶には江戸を離れてのんびりするのもよかろう。金兵衛どのにはわしが断る」

玲圓が磐音の胸中の迷いを読んだように告げ、

「二人だけで寂しいというのならば霧子を連れて参れ」

とさらに玲圓が追い打ちをかけた。

「承知いたしました」

と応じた磐音はふと思いついたことを口にした。

「三人旅もようございます。ですが、養父上《ちち》、いえ、先生、もう二人を加えて五人旅ではいけませぬか」

「おこんと霧子と女ばかりでは、そなた、落ち着かぬか」

「というわけでもございませんが、このところ辰平どのと利次郎どのの剣術が落ち付いてきたかに見えます。ゆえに二人に江戸以外の土地を見せて気分の転換を図らせたいと思いました」

「二羽の軍鶏《しやも》のう。確かにいくらかは見られるようになったな。だが、あの二人、これからも壁にぶつかり、迷おうぞ」

「いかにもさようかと存じます。されど迷う経験を数多く積んだ修行者のほうが後々大成いたしませぬか」

「そなたの申すことも一理はある。よかろう、あやつら二人にいささか早いが褒《ほう》美《び》をとらせよ」

と玲圓が命じた。


そんなわけで旅仕度の磐音ら五人は、二日後の六つ半（午前七時）、中山道板橋宿にいた。

「これから中山道を外れて川越街道に入る。板橋宿で朝餉を食して参るか」

磐音はおこんらに尋ねた。

戸田の渡しを目前にした板橋宿は江戸四宿の一、長旅に出る人を見送りにきた人々がめし屋やうどん屋で酒を酌み交わし、朝めしを食しながら別れを惜しんでいた。

若い三人はなにも答えない。おこんの返事を待っている様子だ。

「お若い方はお腹《なか》を空《す》かしておられましょう。どこぞに立ち寄りましょうか」

とおこんが答えて、辰平と利次郎が破顔した。そんな様子を見た女衆から、

「お内儀様、ぜひうちで朝餉を食していかれて下さい」

と誘いがかかった。

上板橋と下板橋を分かつ橋の袂《たもと》にあるめし屋だ。

「よかろう、見てのとおり五人じゃ」

「へえ、ご新規さん、五人ご案内」

と流れに面した入れ込みに一行は草鞋を脱いで上がった。

「朝餉は、里いも、油揚げなんぞの煮物、具だくさんの味噌汁に大根の漬物、めしと味噌汁は食べ放題、お代わり勝手だ」

「それを頂戴しよう」

「酒はどうするね」

「われら、禅寺平林寺に御用がある身だ。朝酒は遠慮しておこう」

と磐音が言った。

五人の前に直ぐに膳が運ばれてきた。

熱々の味噌汁から湯気が立ち、めしも炊きたてだ。

磐音らは膳に合掌して恵みに感謝した。

「坂崎様、われら、軍鶏二羽を旅にお誘い頂き、真に有難うございました。数多の門弟からわれら二人をご指名して頂いたわけはいつぞやの坂崎様のお言葉を忠実に守り、熱心に修行に励んでおるご褒美にございますか」

と味噌汁椀《わん》を手にした辰平が尋ねた。

「まあ、そんなところだ」

「利次郎、やはりそうだぞ」

辰平が利次郎にそういうと満足げに味噌汁に箸をつけた。

「坂崎様、その他、われらがなすべき務めがございましょうか」

一方、利次郎は未だ辰平と二人が選ばれた理由を信じていないようだった。

「尚武館道場の改築が終わり、それがしとおこんさんは関前藩の御用船に同乗して、わが旧藩豊後関前に戻る。長い間江戸を留守にいたすことになるゆえ、霧子やそなたら二人と短い旅だが道中を共にしたくなったのだ」

「おこんさんは坂崎様の実家に所帯を持つお許しを貰いに参られるのですね」

辰平が朝めしをもりもりと食しながらおこんの身を尋ねた。

「おこんさんは父を承知じゃが、母や妹は知らぬでな、おこんさんに引き合わせることが第一の用事だ。またわが故郷を見せて、久しぶりの墓参りかのう」

と磐音は淡々と答えた。

墓参りとは坂崎家の先祖の墓だが、悲劇的な死を遂げた朋輩の小林琴平《こばやしきんぺい》、河出《かわで》慎之輔《しんのすけ》、その妻にして琴平の妹の舞《まい》三人のことが磐音の念頭にあった。

「坂崎様、お尋ねしてよろしいですか」

「改めてなんじゃな、辰平どの」

「道場では坂崎様が佐々木家の養子に入り、おこんさんを嫁に迎えるという噂が流れております」

辰平が尋ねて、利次郎と霧子が箸を不意に止めた。

唐突な問いだったし、二人にはかような場で礼儀を欠くと思われたからだ。

しばし間を置いた磐音が、

「そなたらもおこんさんとそれがしが夫婦になることは承知していよう。また佐々木家に養子に入り、尚武館の跡継ぎになることも玲圓先生からお話があったのは事実だ。この一件は書状でわが父の許しを得てある。それがし、そなたらもよう承知のように関前藩を脱け、江戸に出て深川六間堀の裏長屋で気楽な暮らしをして参った。それもこの短い旅で終わりといたす。玲圓先生は代参と申されたが、それがしを平林寺へ使いに出すことで、独り身の安楽な日々を終わりにせよと言外に命じられておると考えておる。ゆえにそなたらを旅に誘った。迷惑であったかな、辰平どの、利次郎どの」

「とんでもないことです。それがし、坂崎様に選ばれたことを誇りに思います」

と辰平が言い、利次郎も頷いた。

「なんだか利次郎さんは気が重そうね」

「おこんさん、いえ、おこん様、辰平に先にあれこれと喋られるとなにも申すことがありません。それがし、高知藩江戸藩邸の御長屋育ちです。かような旅など初めてのこと、胸中は感激でいっぱいです」

利次郎が答え、霧子が賛意を示すように頷いた。

「おこん様、私が旅暮らしの女であったことはご承知でございましょう。さりながら、尚武館の跡継ぎになられる坂崎様とおこん様のお供で旅をするなど夢にも考えてもおりませんでした。これまでの旅とは全く違います、私も利次郎さんと同じく幸せです」

霧子の言葉に辰平がすぐに食い付いた。

「霧子、そなた、その若さで旅暮らしとはどういうことか」

「辰平、差出がましいぞ」

利次郎が即座に忠言した。なにか言い掛けた辰平を見た磐音が、

「辰平どの、人にはいろいろと事情があって、物心ついた折りから両親を知らずして独り暮らしを強いられることもある。利次郎どのが言われるように霧子の口

から話があるときまで待たれよ」

と注意した。

はっ、とした辰平が、

「霧子、余計なことを口走った、許せ。それがしや利次郎のように銭なしの気楽な部屋住みとは事情が違うということを失念しておった」

と磐音にまで注意されて霧子に詫びた。

「坂崎さん、平林寺はこの板橋宿から遠いの」

おこんが話題を変えるように磐音に聞いた。

「江戸から川越城下までの川越街道は十一里少々と聞いた。われら江戸より二里は歩いておるで、平林寺のある大和田宿まで六里ほどではないかのう」

「ならば夕刻前に平林寺に辿りつけますね」

とめしを軽々と三杯平らげた利次郎が推量し、

「それにしてもおこん様、坂崎さんって呼ぶのはおかしいな。お二人は夫婦になる身でございましょう」

と辰平が注文を付けた。

辰平と利次郎はほぼ同じ年齢にして武家方の同じ次男の部屋住みだが、直参旗本と大名家とでは屋敷の雰囲気が違うのか、口調も異なった。

「なんと呼べばいいの、辰平さん。これまで坂崎様とか坂崎さんと呼んできたのよ、そう急に変えられないわ」

と答えたおこんが女衆に勘定を願った。

「皆さんのお話がつい耳に入ってしまいました。最前、お内儀様とお呼びいたしましたが早とちりでした。ですが、近々祝言を挙げられるとのこと、お幸せそうなお二人のお顔から察してももはや旦那様、内儀様と呼び合ってもよいではありませんか」

と旅人の扱いに慣れた女衆が祝福するように言い、おこんから朝餉の代金を受け取った。


五人は再び草鞋を履き、一里ほど先の練馬宿へと中山道の脇街道、川越往還を歩き出した。

江戸城の北西の護りとして川越藩は譜代《ふだい》の松平伊豆守信綱《いずのかみのぶつな》や幕府の重臣柳沢吉保が藩主となり、江戸と川越を結ぶ川越往還を整備した。

そんな川越往還に晩夏の陽射しが照り付けていた。

「江戸を離れると緑が多くて気持ちがいいわ」

おこんの声がどことなく晴れ晴れとしていた。

この短い旅が終われば、豊後関前への長い船旅が待っていた。さらに長年奉公した今津屋を辞し、上様御側御用取次《おそばごようとりつぎ》速水左近《はやみさこん》の養女になることが内々で決まっていた。速水家の養女として佐々木磐音のもとへと嫁入りするのだ。

深川生まれの町人おこんが関前藩六万石の国家老の嫡男だった磐音と夫婦になる、なんとも不思議な気分だった。だが、おこんは磐音との出会いから夫婦になることを胸の片隅で思い描いてきた。それが実現しようとしていた。いや、板橋宿の女衆のようにもはや他人から見れば夫婦同然なのだろう。

「われら、江戸に戻ると尚武館の若先生と呼ばねばならぬのかな、そうだ、これから若先生、若内儀と呼ぶことにしよう」

利次郎が己に得心させるように呟き、

「平林寺の代参だそうですが玲圓先生の所縁《ゆかり》のお寺ですか」

と磐音に問うた。

「それがしが師匠から預かったのは分厚い書状だけだ。宛名は臨済宗妙心寺派の平林寺風倉謙義《かざくらけんぎ》禅師とあった。おそらく書状に玲圓先生の申される代参の曰くが、認《したた》めてあるのではなかろうか」

平林寺は南北朝時代の永和《えいわ》元年（一三七五）の開山で、当初は岩槻《いわつき》城の北西にあったという。その後、浅野長政による岩槻城攻めにより伽藍《がらん》を焼失し、寛文《かんぶん》三年（一六六三）には松平伊豆守信綱の命で川越往還大和田宿近くの野火止に移された。

磐音は平林寺開山をこの程度には承知だが、玲圓と風倉謙義禅師がどのような関わりか、師匠は説明をしなかった。それにしても文遣いを代参と呼んだ曰くを考えると、磐音とおこんが佐々木家を継ぐ決断に対しての感謝の一端かと推測した。

「ということは書状を届ければ事が済むわけではないのですね」

「利次郎、われら、平林寺に泊まるのか、それともどこぞ旅籠《はたご》に泊まるのか。それがし、屋敷以外では佐々木道場の長屋と今津屋の長屋しか泊まったことがない。旅籠か、楽しみだな」

と辰平が期待の顔で言った。

「おれだって旅籠など初めてだ。ともかくだ、かような旅が初めてだ。辰平ではないが浮き浮きするぞ」

「ご両者、今宵は禅寺の宿坊に泊まることになりそうだ。明日は朝稽古の代わりに座禅を組むことになろうな」

「えっ、若先生、禅寺で座禅なんて考えたこともありませんよ」

利次郎が不安な顔をした。

「私も座禅だなんて努々思いもしなかったわ」

とおこんも洩らし、

「おこんさん、確かではないが禅寺で座禅を組めるのは男だけではあるまいか。おこんさんと霧子は、座禅は許されまい」

と磐音が言い、二人の女衆がほっと安心したような顔をした。

「辰平、われら三人は座禅じゃぞ。よし、日ごろの煩悩《ぼんのう》を取り去って座禅に励むぞ」

ううーん、と唸った辰平が、

「いやはや座禅とは考えもしなかった、参ったな」

「結跏趺坐《けっかふざ》は道場でもやっておろう。平林寺の座禅とわが尚武館道場の座禅のやり方が違えば、僧侶方が直してくれよう」

と磐音が言った。

「平林寺は一泊ですよね」

と辰平は未だ座禅に拘《こだわ》った。

「おそらく玲圓先生の書状を風倉禅師にお渡しし、返信を頂戴すれば御用は果たしたと思える。明日の昼頃には平林寺から四里ほど離れた川越城下に向かって旅を続けることになるであろう」

磐音の言葉に辰平と利次郎の二人の顔が和んだ。

「旦那様、川越からの帰り道もこの川越往還を通りますか」

おこんが冗談に磐音を旦那様と呼び、尋ねた。

「女房どの、玲圓先生がそなたの足を案じてな、帰路は新河岸川《しんかしがわ》、荒川を使い、水路三十里ながら一晩で川越城下と江戸を結ぶ川越舟運で戻ってこよと命じられた。ゆえに帰路は歩かなくてよい」

「おや、寝ながら江戸へ着くのですか」

身内のような五人旅だ。

いつの間にか下練馬、白子、膝折《ひざおり》を経て大和田宿に入っていた。

「おお、こちら平林寺との道標があるぞ」

玉川上水から分水した野火止の水路伝いの小道を行くと、少しばかり色付いた紅葉の木々が西日に美しく映えた平林寺山門に辿り着いた。

磐音たちは山門前で身だしなみを整えた。

「おこんさん、すまぬがそなたらは平林寺の境内をしばし散策していてくれぬか。まずそれがし一人が風倉禅師にお会いしてみようと思う。禅寺での宿泊が成らぬならば大和田宿にて旅籠をさがそう」

と四人に命じた。

磐音が平林寺の庫裏《くり》を訪ねて、夕餉の仕度をしていた修行僧に用件を告げると、

「江戸から参られましたか、しばしお待ちを。謙義老師にお伺いして参ります」

と願われた。

「わが師の文をお持ち下さい」

磐音は玲圓の書状を修行僧に渡した。

「畏まりました」

丁重な言動から風倉謙義は平林寺を主導する禅師ではないかと磐音は推測した。

最前の修行僧が戻ってきて、磐音は謙義老師の部屋へと通された。

「ほう、そなたが玲圓どのの跡継ぎになる坂崎磐音どのか」

書状は未だ老師の手にあり、披かれてはいなかった。にもかかわらず磐音の名

を呼び、跡継ぎのことまで触れた。

「坂崎磐音にございます」

「日光社参では玲圓どのを助けて働かれたようだな」

と言った謙義老師が、

「そなた、おひとりではなかろう」

「四名の者を同道してございます」

「ならばその方々をお呼びなされ。今晩は当寺の宿坊に泊まるがよかろう。そなたがお仲間を呼びにいく間に玲圓どのの文を読ませて頂こう」

と謙義老師が磐音に言った。

二

おこんら四人は水と緑に恵まれた平林寺をゆったりと散策していた。

平林寺境内にも野火止の流れから平林寺堀が引かれて四人の眼を楽しませてくれた。

晩夏の陽射しは紅葉が色付いた武蔵野の景色を鮮やかに映し出していた。

辰平と利次郎の二人はおこんらの前を歩いていた。行く手の深く大きな森も平林寺境内だった。

「江戸の近くにかような水に恵まれ、木々が豊かに茂る土地があるのですね」

と霧子がおこんに感嘆の言葉を洩らした。

「霧子さん、私は江戸の川向こうの深川生まれですが、かような地が江戸外れにあるのを全く存じませんでした。玲圓先生にどう感謝してよいか」

「おこん様、尚武館佐々木道場の跡継ぎの嫁様になるのは不安ではありませんか」

霧子は、神保小路の剣道場の暮らしに慣れて、今では母屋のおえいのもとから道場の暮らしへと気持ちを移していた。だが、なにをなせば尚武館に役立つのか、霧子には分からなかった。

「不安にならないといったら、噓《うそ》になるわね。私は長屋を四軒任されて差配している金兵衛の娘よ。十五の時から今津屋に奉公に出て、ようやく慣れたと思ったら、公方様の御側御用取次速水左近様の養女になり、武家方の女子として尚武館に嫁に行くのよ。なにをどうしたらいいのか、一からやり直しね」

おこんの言葉を聞いた霧子がしばらく黙っていたが、

「安心しました」

「あら、安心したってなに」

「いえ、おこん様は堂々としておられるから、不安などないのかと思っておりました。私の命を助けて頂いた方々になにをなせばお返しできるのか、迷っておりました」

「仲間ができたというわけ」

「は、はい」

「霧子さん、あなたがそのお方になにが出来るか分からないけれど、必ずやそのときが来ると思うの。私も佐々木家へ嫁に行き、磐音様といっしょになにをなせばよいのか、思案いたします」

「はい」

と霧子が返事をしたとき、

「おい、利次郎、墓に出たぞ」

と辰平が叫ぶ声がした。

おこんと霧子が墓所に向かうと立派な廟所《びょうしょ》が並んでいた。

「おい、だれの御廟か」

「辰平、おれに聞いて分かると思うのか」

「無理じゃな」

おこんと霧子もだれのお墓か見当すらつかなかった。

家康が関東に入った折り、三河国から臣下として同行してきた大河内《おおこうち》秀綱《ひでつな》は平林寺の大旦那として山門や仏殿など伽藍の再建に手を貸した。この秀綱の孫で松平家の養子になった人物が川越藩主に就いた「知恵伊豆《ちえいず》」こと松平伊豆守信綱であった。この知恵伊豆は徳川家に仕え、三代将軍家光、四代将軍家綱のもとで老中を務め、徳川幕府の礎を築いた。

また知恵伊豆は、大河内松平家を創家し、秀綱を始め、その祖母の寿参尼《じゅさんに》、実父大河内久綱《ひさつな》、養父松平正綱《まさつな》らの墓所を平林寺に移して手厚く弔い、平林寺を大河内松平家の菩提寺《ぼだいじ》として末代までも供養することになる。ゆえに知恵伊豆は、岩槻にあった平林寺を寛文三年に野火止の地に移させたのだ。

そんなわけで、おこんらが眼前にする立派な墓所は大河内松平家一族のものであった。だが、初めて平林寺を訪れたおこんら四人はそのことを知る由もない。

「辰平、妙な連中がわれらに目をつけておると思わぬか」

利次郎が声をかけた。

「おお、気付いておったわ」

辰平が霧子を見た。

霧子はぴたりとおこんの傍らに従い、なにかあれば防御する体勢をとっていた。

「霧子も承知していたか」

「川越往還の途中から私どもに目をつけておりました。板橋宿で朝餉を食しましたね、あの場にもいたと思います」

「なに、そのように前からか」

と辰平が驚き、

「坂崎様が気付かぬとは珍しいな」

と利次郎も言った。とはいえ慌てている風はない。

「坂崎様も承知です」

霧子が浪々の剣術家風の一団を見た。

六人の中には年配の町人が交っていた。旅姿のでっぷりと太った男が明らかにこの餓狼《がろう》の群れの長と察せられた。

平然として歩み寄った町人が、

「江戸の御仁じゃな」

と質した。

「いかにも江戸に住まいしております」

とおこんが答え、

「なにか御用ですか」

と問い返した。

「ちと路銀に困っております。出来るならばお内儀、そなたの懐中物をお借りしたい」

「それはまた異な頼みですね」

とおこんが平然と応じ、

「ちなみに私、未だ独り身にございます」

「もう一人の武家方の女房と思うたが早とちりをいたしましたかな」

「ともあれ、そなたに懐中物をお貸しする縁もゆかりもございません。お断りいたします」

「となると、厄介なことになりますぞ」

「厄介とはどのようなことでございましょうな」

「連れが腹を空かせておりましてな、今晩の酒代にも事欠いておりますゆえ、なにをしでかすかわしも止めきれませんでな。大人しくわしの申すことを聞かれた方が怪我などせず、血を流すこともありますまい」

「なんとも無体な、いえ、お笑い種《ぐさ》の申し出ですね。おまえさん、何者ですね」

とおこんが質した。

「わしの名を聞かれるか。江戸の御仁には馴染みがございますまいが、野州無宿の日光の兼造《かねぞう》と申しましてな、野州界隈ではいささか悪名が知られておりますよ」

「ふーん、日光の兼造ね、江戸へ出ればただの在所の半端者かえ」

おこんの口調が伝法な深川っ子のそれに変わった。

「姉さん、おめえは何者だ」

「おまえさん方のご同業といいたいが、江戸は深川六間堀生まれのこんですよ。私もね、日光のなに造さんでしたか、江戸ではちょいと知られた女でしてね」

「姉さん、ただ者じゃねえな。だが、こっちが懐具合までさらけ出したんだ。懐のものを出さねえと、うちの連れがひと暴れすることになるがいいかえ」

「面白ければ銭の五文も見物料に差し上げますよ」

「畜生、こっちが下手に出れば好き放題抜かしやがったな。致し方ない、青侍を叩っ斬り、女二人を攫ってな、板橋宿辺りの食売宿《めしもり》に叩き売ろうかえ」

と日光の兼造が配下の浪人者に言うと、無精髭《ぶしょうひげ》の大男が、

「頭、今晩は屋根の下に泊まれような」

「おお、女の懐には五両や十両あると見た」

「ならば青侍から片付けるか」

と塗りの剝《は》げた黒鞘《くろざや》の鯉口《こいぐち》を切った。

「利次郎、われら、こやつらに斬られるらしいぞ」

「人をなんと思うておるのか。野州辺りの田舎者《いなかもの》に斬られて赤い血が出るならば、われら、これまでの修行は無駄であったということだ。霧子、この辺りに棒きれはないか」

と利次郎が霧子に聞いた。

「利次郎さん、浪人の一人が木刀を持っているわ、お借りする」

「おうおう、これみよがしに木刀を携えておるな。霧子、墓所の前で血を流すのもなんだ、木刀を借り受けてくれぬか」

利次郎が霧子に願った。

「というわけ。木刀を利次郎さんに貸してもらえませんか、この夏を綿入れで過

ごした木刀の浪人さん」
霧子の言葉に、
「おもしろい、この娘、わし好みじゃ。ほれ、欲しければわしの手から奪ってみよ」
と霧子の胸に木刀の先端を突き付けながら、不用意に近寄った。
雑賀衆の下忍の技を物心ついた折りから身につけてきた霧子だ。
「木刀の借り代はお支払いするわね」
すでに手にしていた礫《つぶて》が綿入れの剣術家浪人の額に、
びしり
と抛《なげう》たれ、
うっ
と呻いた相手の手から木刀が落ちようとした。その木刀を裾も乱さずに草鞋の足で蹴り上げて、利次郎の手許《てもと》に落とした。そいつを空中で受け取った利次郎が、
「霧子、有難い」
と言いながら黒鞘の浪人剣客に迫り、尚武館直心影流の猛稽古で会得した胴打ちでいきなり叩いた。

辰平も負けじと刀を抜くと峰に返し、残りの三人へと飛び込んでいった。さらに利次郎が二人目に向き直り、霧子の手から次々に礫が飛んで、一瞬後には五人の浪人剣術家が墓地の前にばたばたと転がっていた。

「お、おめえら、な、何者だ」

一人だけその場に立ち竦む日光の兼造が喚いた。

「おい、在所の無駄飯食い、江戸は神保小路直心影流の尚武館道場佐々木玲圓門下の松平辰平じゃ」

「同じく重富利次郎」

「雑賀霧子」

と三人が名乗り、最後に改めておこんが、

「今さら名乗り直すのも烏滸《おこ》がましゅうございますが、佐々木玲圓の跡継ぎ坂崎磐音の嫁女になる深川生まれのこんですよ。どなた様のお墓か知りませぬが、お聞き苦しいところはお許し下さいまし。今津屋こん、最後の啖呵《たんか》にございます」

と馬鹿丁寧な口調で言い訳して片袖を引き上げ、白い二の腕を覗かせると、

「やいやいやい、日光の兼造、てめえみたいな半端者が江戸なんぞに入ってくるんじゃねえ。この次、会ったときには、うちの亭主どのが自慢の備前包平《びぜんかねひら》でてめ

えの首を叩き斬り、両国の花火のように大川の流れの上に高々と飛ばしてしまうよ」

不意におこんの声に呼応した者がいた。

「ようよう、おこんさん、江都一！　と快哉《かいさい》を叫びたいところだが、松平伊豆守信綱様の墓所の前だ。深川仕込みの啖呵は、そなたが申されたように最後になされ」

と磐音の注意する声がした。

四人が慌てて振り向くと磐音と平林寺の納所坊主《なっしょぼうず》が茫然自失の体で、二の腕を晒《さら》したおこんを呆れ顔で見ていた。

「あら、退屈しのぎの下手な素人《しろうと》芝居を見られてしまったわ。どうしましょう」

おこんが慌てて袖を下げて腕を隠した。

「どうしましょうもなにもござらぬ、おこん」

と磐音に叱られたおこんが、

「ご免なさい。平林寺の景色を堪能していたら、この輩《やから》が現れたんですよ」

「それは承知でござる。最初から木の陰から見物しておったでな」

「あら、嫌だわ。おこん、一生の不覚、亭主になる人の前で啖呵なんぞを切ってしまいましたよ」

とおこんが赤面した。

「老中まで務められた知恵伊豆様も驚いておられよう」

「えっ、こちらの御廟には老中の松平様がお眠りですか」

とおこんが驚いた。

「おこんさん、今宵はわれら、平林寺の宿坊にお世話になることになった。御坊、そなたにそれがしの仲間のふざけ芝居を見られてしまいましたな。われら、平林寺に泊めていただく資格がござろうか」

と磐音が納所坊主の一彗《いっすい》に尋ねた。

「坂崎様、いやはや浮世のもろもろを忘れたつもりで禅修行に励んできた一彗ですが、最前はなんとも面白き見物でございました。さすがに佐々木玲圓様の跡継ぎのお二人、似合いのご夫婦と見ました」

「平林寺の庫裏を長年仕切ってきた一彗がようやく笑いを顔に浮かべて言った。

「坂崎様、こやつらの始末、どうしましょうか」

と辰平が言った。

「御坊、どうしたものでしょうか」

磐音が一彗に質した。

「仏の道は人を助けることを一義としております。されどこの者たち、他でも悪さをしておりましょう。このまま野放しにしておくとどなた様か迷惑いたしましょう。やはりお役人様にお渡ししたほうがよろしいかと思います」

一彗が磐音に言ったときには、霧子の姿が消えていた。

「庫裏に戻り、若い修行僧を大和田宿の御用聞きの親分に知らせに行かせますでな」

「その要はございません。わが仲間がすでに役人どのを呼びに走りましたからな」

と磐音が言い、利次郎が、

「霧子が役人衆を連れてくるまで辰平と二人、こやつらの見張りをしております。坂崎様とおこんさんは御坊といっしょに先に平林寺の宿坊にお帰り下さい」

と願った。

「では、そうさせてもらおうか」

と磐音が応じ、

「こやつらが逃げ出す素振《そぶ》りを見せたら、この木刀でひと殴りしてまた眠らせます」

と利次郎が磐音に答えていた。

「いやはや、佐々木玲圓様の門弟衆は多彩にして優秀なる人材に恵まれておられますな」

と一彗が感心し、

「おこんさん、松平様ご一族のご霊前にお詫びをなそう」

と磐音はおこんとともに低頭し合掌した。

翌早朝、磐音と利次郎、辰平の三人は、平林寺の禅堂で座禅を組んだ。

磐音は単に座し、平然として尚武館仕込みの結跏趺坐をなした。

だが、若い辰平と利次郎は、日光の兼造一味を大和田宿の役人に引き渡すまで松平家の御廟前で待っていたために、夕餉を食し、寝に就いたのが深夜の九つ(午前零時)過ぎ、一刻半の眠りのあとに座禅とあっては、ついうとうとと眠ってしまい、幾たびも注意を受けた。だが、平林寺では二人がなにをなしたか承知していたのでなんとか最後まで座禅を許した。

朝餉のあと、掃除を手伝う利次郎らをよそに磐音だけが謙義老師の座敷に呼ばれた。

「玲圓どのの跡継ぎばかりか、門弟衆にもなかなかの人材がおられますな。去年の日光社参では、玲圓どのとそなたはどなた様かに従い、見事役目を果たされた由、むべなるかなですな」

玲圓と磐音が西の丸徳川家基の密行の警護方を務めたことを承知のようで、老師が笑いかけた。

「静かなる修行の場を乱してしまいました。松平様一族方のお眠りを妨げたのではないかと案じております」

と磐音が答えると、

「泉下から笑いの声が聞こえませんでしたかな」

と笑った謙義老師が、

「この返書を玲圓どのにな、願おう」

と磐音に差し出した。

「お預かりいたします」

「そなたの結跏趺坐、玲圓どの仕込みかな」

「わが国許でも座禅で調息をしておりましたが、佐々木道場に住み込み入門した折りに玲圓先生から厳しく指導を受けました。ただし、未だ行ならずでございます」

「玲圓どのはよき跡継ぎを得られた。尚武館を頼みましたぞ、坂崎磐音様」

「それがしには尚武館道場の跡継ぎは荷が重うございます。されどそれがしに修行を続けよとの師の命と天のさだめと受け止め、生涯剣の道に勤《いそ》しむ所存にございます」

磐音の言葉に謙義老師が大きく頷いた。

「老師、それがしが平林寺を訪ねた用事は老師の返書を持ち帰れば果たしたことになりましょうか」

と磐音が問い返した。

「坂崎どの、玲圓どのと拙僧は長い付き合いでな、近ごろでは文だけの交流じゃが、互いに若い折りのもろもろも承知である。玲圓どのがこたび、そなたとおこんさんを文遣いに立て、拙僧に会わせようとされたことがなにより大事なことでござってな。そなたには若い連中を育てる才と人柄があるのを、短い間だが、謙義とくと見せてもらった。文に認めてはあるが、玲圓どのはよき跡継ぎを得られた、そなたならば尚武館の使命を必ずや全うなされよう」

「師や老師の期待を裏切らぬよう坂崎磐音、この一身を捧げます」

「悩み事があらば、拙僧はこの平林寺におる。時におこんさんとともに年寄りに顔を見せにこられよ」

老師の部屋におこんらが呼ばれ、一夜の宿りのお礼と別れの挨拶をなした。

その折り、老師が利次郎や辰平を見て、文机《ふづくえ》にあった紙片をとり、見せた。そこには、

薄暮空潭曲
安禅制毒竜

と対句と思しき二行が達筆で認められてあった。
「古《いにしえ》の唐の詩人王維《おうい》の『過香積寺《かこうしやくじ》』なる五言律詩の最後の二句じゃ。
薄暮　空潭《くうたん》の曲《くま》
安禅《あんぜん》　毒竜を制す
と詠《よ》む。
夏の夕暮れ、人気《ひとけ》のない潭《ふち》の曲《ほとり》で静かに座禅をくみ、潭にひそむ竜の毒気を制

する遊行僧の姿じゃ。安禅とは、そなたらの若き師匠のように座禅を心得た者の境地とでもいおうか。愚僧は剣術の極意は知らず。そなたらは未だ若い武士《もののふ》であることは明らかじゃ、座禅同様に剣術も道半ば、いや、無頼者を退治する程度の力業の者と見た。剣術にはかたちありて、動きに間と律動が備わっていなければなるまい。座禅も同じことだ。そなたらは向後迷いの潭に立つこと千回万回を数えよう。そのたびに力を出し切り、稽古をなされ。武士の賦《ふ》を声高らかに歌いて、ときに座禅をなされ」

辰平と利次郎が首を傾《かし》げて、老師の言葉を理解しようとしてみた。しばし間があって、利次郎が、

「武士の賦とはどのようなものでございますか」

と謙義老師に恐る恐る尋ねた。

「いささか譬《たと》えが過ぎたかのう。そなたらは剣術修行の途次にある、最前言うたが未だかたちも間も律動もあるまい。壁にぶつかれば迷いなされ、悩みなされ。力を抜かず、体を動かしてとことん稽古を積むことじゃ。それを武士の賦を歌えというてみた。賦とはこの王維の詩のように韻《いん》をふむ美しい対句のことよ。そな

たらが坂崎磐音どのの境地に達するには手を抜くことは叶《かな》わず、真から剣術の稽古に狂いなされ、歌いなされ」

「はっ」

辰平は老師の言葉が漠としてだが分かったような気がして返事すると、

「老師、それがし、安禅の域に達するように修行に邁進《まいしん》します。その認められた書付を頂戴できませぬか」

と願った。

老師が王維の二句を記した紙片を辰平に渡し、利次郎を見た。

「それがし、頭に刻み込みました」

との利次郎の返事に、老師が微笑《ほほえ》んだ。

辰平は二つ折にして大事そうに襟元《えりもと》に入れた。

磐音は二人の言動を沈黙したまま見詰めていた。

三

平林寺の山門を磐音一行が出たのは五つ（午前八時）の刻限だった。

平林寺のある大和田宿野火止から川越城下までわずか四里の道程である。

「武士の賦か、よし、狂うように歌うように稽古いたすぞ」

「辰平、あの文句が気に入ったか。夕暮れ、池のほとりで、そのあと、なんであったかのう」

「そなた、頭に刻み込んだというたではないか」

「禅寺の老師の申されることは一言も分からん」

利次郎は正直に吐露し、霧子が呆れたように利次郎を見た。一方辰平は、

「薄暮 空潭の曲、安禅 毒竜を制す、か」

と呟いた。

川越往還に戻ると番屋の前に役人衆の姿が見え、どうやら昨夕番屋に連れていかれた日光の兼造一味六人が、川越城下に引き立てられるところへ出くわしたようだ、と一同は思った。

そんな中から役人の一人が、

「坂崎様、昨日はお手柄にございました」

と声をかけてきた。

磐音が声の主を振り向くと、佐々木道場時代一時門弟であった坂寄与三郎《さかよりよさぶろう》だっ

た。

「おお、坂寄どのは松平様のご家臣でございましたか」

　磐音は同年配の坂寄が川越藩家臣であったことを思い出した。

　佐々木道場時代の門弟ではあったが、御用が多忙なのか坂寄がさほど頻繁《ひんぱん》に道場に稽古にきた覚えはない。磐音も一、二度手合わせしたが、正直凡庸な技量であったことしか覚えていない。

「それがし、川越藩町奉行支配下にございまして、本日坂崎様方に悪さを仕掛けた馬鹿者どもを城下へ引っ立てる御用を仰《おお》せつかっております。坂崎様方は、江戸へお戻りですか」

「いえ、玲圓先生のお許しを得て川越城下に二、三日滞在し、御城下を見物する心積もりでおります」

「おお、それはよい」

　と坂寄が喜んだ。

　おこんを含めて辰平も利次郎も初対面であり、坂寄のほうもちらりちらりとおこんや霧子の女連を見た。

「おお、坂寄どのに紹介しておこうか。若い二人の門弟はそなたの後輩にあたる住み込み門弟松平辰平、重富利次郎にございましてな。昨日はこの二人と女門弟の霧子が一味を捕まえたのでございますよ、ゆえにそれがしはなんの働きもなしておりません」

と磐音が答え、坂寄が、

「さすがは佐々木道場、いや、今では直心影流尚武館佐々木道場でございましたな、道場の建物も大きく立派になったと聞いております。霧子さんのような女門弟もおりますか」

と霧子の存在を気にした。さらにおこんに眼差しを移した坂寄が、

「坂崎様、同行の女子はもしやして両替商今津屋の奥向き女中どのではございませんか」

とこちらにも関心を示した。

「おこんさんを承知でしたか」

「江戸勤番を務めた私どもには、今津屋の奥を仕切る今津屋小町を知らぬ者はおりますまい、おこんさんでしたか」

「こんにございます」

とおこんが坂寄に頭を下げた。

「ああー」

と坂寄が思い出したように、

「坂崎様は佐々木玲圓先生の跡継ぎに決まったとか、藩のある筋が噂しておりましたぞ。また坂崎様が嫁を貰うとも聞きました。おこんさんが祝言を上げられる相手のお方ではございませんか」

「そういうことです。まさか川越往還でわれらのことが知られていようとは」

と磐音が絶句し、

「佐々木道場はおめでた続きにございますな」

と坂寄が応じた。

松平家の城下は江戸からわずか十一里の距離にあり、江戸の北面を固める徳川親藩だ。

参勤交代も深夜八つ（午前二時）に出て、一日で赤坂溜池台の江戸藩邸に入るのが習わしだ。ために川越往還の整備は川越藩の手によって保たれていた。江戸の情報はどこの藩よりも早く伝わるのだろう、と磐音は思った。

「坂崎様、城下での旅籠はお決まりですかな」

坂寄が急に張り切って尋ねた。

「いえ、平林寺での御用を果たし終わるのがいつになるか分かりませんでしたので、決めておりません」

坂寄がしばし考えた末に、

「川越陣屋に宿泊は窮屈でございましょうな」

と質した。

「われらは川越藩の御用の者ではございません。後学のために若い者たちとなす城下見物にござる。どこぞ町屋の旅籠に泊まりたいと願っております」

「ならば、時鐘近くの旅籠、曲水《きょくすい》はいかがでございましょう。藩の名をお使いになっても一向に差支えはございませんでな」

と坂寄が言った。

「曲水でございますな。訪ねてみましょう」

と磐音は坂寄に礼を述べて、

「われら、お先に失礼します」

と川越往還川越城下へと向かった。

「おこん様、旅に出てもその名とお顔は知れ渡っておりますね」

辰平が感心したように言った。

一時浮世絵師の北尾《きたお》重政《しげまさ》がおこんを美人画に仕立てようと付け狙ったことがあった。

「私のほうは江戸で妙な噂が流れたせいかしらね。私より佐々木道場の名が高いのには驚いたわ」

おこんは自分から尚武館の武名高いことに話題をすり替えた。

「おこん様、尚武館は江都一の道場です。親藩《しんぱん》の松平様のご家来が門弟におられても不思議ではございますまい。もっともそれがし、坂寄様のお顔を知らぬな」

と辰平が言い、利次郎を見た。

「それがしも覚えがない」

「辰平どのと利次郎どのが住み込み門弟になる前であったゆえ、知らぬのも不思議ではあるまい」

「坂崎様は坂寄様と手合わせしたことがございましたか」

「あったと思うが」

と磐音は曖昧に答えた。

「坂崎さん、平林寺の御用は無事お済みになったのですね」

おこんが話題を変えるように磐音に聞いた。

「果たしたと思う。まあ、玲圓先生と謙義老師の文遣いというより、それがしの顔見せが主な御用であったようだ」

「坂崎磐音がいかなる人物か、玲圓先生は謙義老師に見せたということなの」

「まあ、そのようなことかな。思いがけなくもそなたらが手柄を立てたで、それがしの株も上がったやもしれぬな」

と磐音が笑った。

「辰平とそれがし、座禅の間、居眠りして警策《きょうさく》を幾たびも打たれて呆れられたのではありませんか」

利次郎が気にした。

「僧侶方もそなたらが昨晩はよく寝られなかったことを承知だ。致し方あるまい」

「坂崎さん、私も老師の試しを受けたということなの」

「そういうことかのう」

「なんだか、落ち着かないわ。松平伊豆守様のお墓の前であんな啖呵なんてきるんじゃなかったな。坂崎さんといっしょのお坊さんが老師に伝えているわね、きっと」

「知恵伊豆様も泉下で笑うておると老師も申しておられた」

「若先生、お内儀様、尚武館の跡継ぎ夫婦は最強ですよ」

利次郎が冗談に二人を呼び、笑った。

今日もきらきらとした陽射しが降りそそいでいた。

「玲圓先生への文に私が品のない女子、尚武館にはふさわしくないと認めてあるのではないかしら」

おこんが案じた。

「さあてどうであろう。老師はな、尚武館に跡継ぎが出来たことを喜んでおられた。おこんさんが今津屋奉公をしていたことなどを玲圓先生が伝えておられよう。今更どうもこうもあるまい」

「おこん様、われらにとって玲圓先生と奥方様は、雲の上のお方です。若先生とおこん様に代替わりされるならば、われらもだいぶ気楽に住み込み門弟が続けられます。なあ、辰平」

利次郎が話しかけたが辰平は最前からなにか考え事をしているらしく、

「な、なんだ、利次郎」

と尋ね返した。

「なんだ、それがしの話を聞いておらぬのか。もうよい」

と言った利次郎が、

「若先生、お内儀様、それがし、決してお二人を軽んじておるわけではございません。お間違いのなきよう」

と念を押した。

辰平は、胸の中に平林寺の老師の教え、

「薄暮　空潭の曲
安禅　毒竜を制す」

を思い浮かべ、漠然と向後のことを思案していた。

そのとき、後方から馬蹄の音が響いてきた。

磐音たちは路傍にあった茶店の前へと避けた。

一頭の馬に川越藩士と思える武士が乗り、磐音らの前を一気に駆け抜けていった。

「まさか日光の兼造一味を取り逃がしたというのではありませんよね」

利次郎が案じ、

「それはなかろう」

と磐音が利次郎に応じながら、早馬の目的をなんとなく察した。

一行は九つ半（午後一時）過ぎに川越城下に入り、神君家康の亡骸《なきがら》が駿府《すんぷ》の久《く》能山《のうざん》の仮廟から日光東照宮に移されるとき、川越の地に休んだことがあって建立された仙波《せんば》東照宮にお参りし、さらにはこちらも徳川幕府と所縁の深い星野《せいや》山喜《さんき》多《た》院《いん》を訪れ、八つ半（午後三時）過ぎに坂寄に教えられた旅籠の曲水を探し当てた。

川越城本丸にも近い城下町にあり、門前の紅葉の大樹と石庭が歳月を感じさせる立派な旅籠であった。

「こちらはちとわれら向きではないな。川越藩を訪れる他家の重臣方や分限者が泊まられる旅籠じゃ」

磐音は若い三人を連れての宿泊を案じた。

「若先生、泊まり代を尋ねて参りましょうか」

部屋住みの利次郎が磐音に質した。

「旅籠代は持ち合わせておるゆえ、そのことは案じられるな。若いうちから贅沢を覚えるのもどうかと思ったのだ。どう考えるな、おこんさん」

磐音がおこんに質した。

「今さら無理でございましょう」

おこんがあっさりと答え、

「あちらをご覧なさい」

と磐音に教えた。そこには麗々しくも、

「歓迎　江戸尚武館道場後継坂崎磐音様
今津屋小町おこん様
他従者三名」

と認められて掲げられていた。

「な、なんだ、われらは名前もないぞ」

と利次郎が言い、

「利次郎、従者に名などあるものか。他従者三名と記されただけでも有難いと思え」

と辰平が反論し、

「それにしてもどうしてわれらのことを承知なのだ」

と首を捻った。

「川越往還でわれらを追い抜いていった早馬であろう」

「ああ、坂寄様が手を打たれたのですか」

「そのようね。若先生、今宵の宿はこちらでようございますか」

というところに女将風の女子と番頭と思える二人が磐音の前に現れ、

「ようこそお出でになられました。坂崎様、おこん様」

と挨拶した。

「女将どの、われら予約をした覚えはないが今宵泊めて頂けようか」

と磐音が願うと、

「殿様はただ今江戸在府にございますが、国家老様から坂崎様方のご用命がございました。何日なりともお好きなだけ滞在をなさしめよとのお言葉にございます」

「それは困る。われら、川越藩に御用で参ったわけではござらぬ。いわば物見遊山に訪れたまで。こちらに宿泊は願うが、宿代の儀はわれらに支払わせてくれぬか」

「坂崎様、江戸で名高い尚武館道場の跡継ぎ様ご一行を自前で泊まらせたとあっては、殿様の体面が立ちますまい。坂崎様、ここは川越藩松平家に面目《めんぼく》を授けられてはいかがですか。いえね、その代わり、必ずや皆様方の出番がございましょうでな」

と番頭が松平家の立場を慮っていった。

「それは困った。ともあれあの麗々しい紙は外して下され」

と磐音が願った。

「若先生、さようなことでお困りになることはございませんよ。尚武館の若先生坂崎磐音の後ろには江戸の両替商筆頭の今津屋が控えておりますよ。女将さん、番頭さん、案内を願います」

とおこんが平然といい、

「ははあ」

「われら、おこん様に従います」

と辰平と利次郎がおこんに応じて、磐音と霧子は顔を見合わせて苦笑いした。

「坂崎様、ただ今はお武家様より商人《あきんど》衆の天下でございますよ。おこん様の申されるとおりになされませ」

と女将が応じた。

磐音らは離れ座敷三間にわずかばかりの荷を下ろし、平林寺からの旅というより、昨夜眠りの足りなかったための疲れを若い二人は風呂で癒《いや》した。

「坂崎様、どうやらのんびりと川越見物をしてもおられませんね。きっとなにかお城から使者が見えますよ」

「であろうな」

と磐音も利次郎に同感であった。

「利次郎、川越藩でなんの御用をなすというのだ」

「辰平、まず剣術指導が若先生に願われるな」

「それはいいではないか。われら、どこかで体を動かしたいからのう。こちらから願いたいほどだ」

と辰平が言った。

川越藩は明和四年にそれまで藩主を務めていた秋元凉朝《あきもとすけとも》が出羽《でわ》国山形に転封《てんぽう》になり、御家門の一つに数えられる松平朝矩《とものり》が十五万石で上野《こうずけ》国前橋より移ってきた。以後、松平家が幕末まで川越・前橋両藩を治めることになる。

磐音らが訪れた時期、二代目越前松平大和守直恒の治世下にあった。同じ松平姓でも大河内とは直接関わりない。

「坂崎様とおこん様の行くところ騒ぎあり、なんぞ川越で事が起こるとは思わぬか、辰平」

「昨日は騒ぎがあったな」

「あれは騒ぎにも入らぬぞ。辰平やおれより霧子の礫が勝負を決めたゆえにな。若先生、霧子はどのような育ちをしてきたのですか」

利次郎が磐音に聞いた。

「昨日も言うたように、霧子がその気になったときを待たれよ。正直、それがしも霧子のことは深くは知らぬのだ」

「そんな女子を玲圓先生と坂崎様は日光から尚武館に連れてこられましたか」

辰平が磐音に質した。

「霧子が尚武館に来て、なんぞ道場に迷惑をかけたかな」

「いえ、それはございません。なにか必死で生きている気配が見えます」

「ゆえにこたびの旅に誘うてみたのじゃ」

「それがしやこの利次郎より尚武館のために働いておるものな。われらは大めしを食らい、剣術の稽古をしているだけだ」

と辰平が自嘲した。しばし沈思していた利次郎が、

「われら、この先どうなるのだ、辰平」

と言った。

「そこだ。われら、どう生きていけばよいのか。部屋住みは哀しいな」

「哀しい。じゃが、われらもこの世でなにか役立つときがくるはずだ、そう思わぬか」

「そのために剣術の稽古をしているのだな」

「そういうことだ」

自らが十数年前に過ごした時節を若いふたりは今迎えている、と磐音は思った。

「どうすればよいか、なにもせずにただ今の剣術修行を続けていくべきかどうか」

と辰平が洩らした。

「辰平どの、利次郎どの、平林寺の老師が申されたように悩みなされ、迷いなされ。遠回りしながら歩きなされ。あとになれば、その遠回りが役立つこともあろう」

と磐音が答えたとき、脱衣場に人の気配がして、

「坂崎様、坂寄様がお見えにございます」

と霧子の声が告げた。

「ほれ、見よ。辰平、そなたが案じずとも先方から用が舞い込んでくるわ」

と利次郎が言い、

「ただ今参る、おこんさんにしばし応対を願うてくれぬか」

と磐音が伝えた。

四

大河内松平家の川越城は、別名初雁《はつかり》城、あるいは霧隠《きりがくれ》城と呼ばれる。

寛永《かんえい》十五年（一六三八）に喜多町からの出火による大火で、喜多院、仙波東照宮など重要な建物と城下の三分の一を失った。この大火後、藩主の堀田正盛《ほったまさもり》が信濃松本に転じて、翌年に松平伊豆守信綱が川越へ入封《にゆうほう》した。

この信綱に課せられた仕事が大火後の城下町の復興と川越城の拡張普請《ふしん》だ。後に知恵伊豆と呼ばれるようになる信綱は、幕末まで続く川越城と城下を短い歳月で造り上げたのだ。

まず城下を整備し、新河岸川舟運を川越と江戸の間に開設、さらには荒川の流れを並行して入間川《いるまがわ》に合流させ、農業指導を行い、生産力の向上に努めた。その嫡子の輝綱《てるつな》は父を見習い、武蔵野開発を行い、平林寺を岩槻から野火止に移した。

川越城は、本丸・二の丸・三の丸の他に三の丸の西側に外曲輪《そとぐるわ》を置き、この外曲輪に結んで南に田曲輪、東から北へ新曲輪が設けられた。また三の丸の南には八幡《はちまん》曲輪で囲まれた馬場が設けられた。外曲輪は追手曲輪と中曲輪に分かれて普請された。田曲輪には三芳野《みよしの》天神祈願所と高松院があった。ついでに記せば本丸に三重の富士《ふじ》見櫓《みやぐら》と二重の虎櫓《とら》が、二の丸には菱櫓《ひし》が普請された。

松平二代の親子は短期間に川越城と城下の基を造り上げたことになる。

磐音一行は、翌朝町奉行支配下の坂寄に案内されて川越城に入った。

昨夜、坂寄に伝えられた用事だった。

坂崎磐音と城内に入ったのは、松平辰平と重富利次郎の男二人だけだ。女の霧子は遠慮しておこんのそばに残った。

「坂崎どの、わが川越藩越前松平家は大河内松平家と異なり、武の大名というより文の国柄と申してよいでしょう。ただ今は二代目、若き松平直恒様が藩主を務めておられますが、今申したように文に重きをおいた親藩大名にございます」

と説明とも言い訳とも判断のつかない言辞を並べつつ、平城の一角にある武道場に案内した。

磐音らは武道場の外観を見たとき、藩士らがさほど熱心に利用している風がないことを見てとった。

道場はただの建物が、それなりの空間があればよいというものではない。藩士たちが道場に汗を流して稽古を続けることによって、その空間は「生」を受け、道場が道場たる、険しくも荘厳な雰囲気を醸し出すものだ。

江戸の神保小路の尚武館道場が代々の道場主の厳しい指導と門弟たちの研鑽《けんさん》によって確固たる存在感を放ち、「官営道場」の風格を保持しているのとは異なり、越前松平家の川越城の武道場には藩士たちが日々研鑽する覇気が感じられなかった。

磐音らが一礼し武道場に入ると、見所に松平家の重臣が座し、百畳ほどの広さの板の間には二十数人の藩士が稽古着姿で控えていた。

藩主の大和守直恒は参勤上番で江戸藩邸にいた。

秋元家時代六万石の石高であった川越に、前橋から越前松平家が入封したが、前橋領を分領として許されたために一気に十五万石の石高に増した。江戸城の詰の間も大広間、石高から申しても立派な大名であった。だが、石高に家臣団の実力が追い付いていないように磐音には見受けられた。

「坂崎磐音どの、ようわが川越藩に参られたな」

と磐音ら三人に声をかけたのは国家老の石和田彦左衛門《いしわだひこざえもん》であった。

「お許しもなく川越城下の見物にお訪ねしたわれらにございます。にもかかわらず川越城にお招き頂き、恐縮至極にございます」

「そなたの師佐々木玲圓どのはご公儀の官営道場ともいうべき尚武館道場を経営し、そなたは玲圓どのの後継者と聞いておる。先の日光社参においては玲圓どのともどもそなたは大いにお働きなされたそうな」

石和田はどこまで承知か磐音にそう言った。

「それがしは尚武館道場の一門弟として玲圓先生に従ったまでにございます。なんら御用もなしておりません」

と磐音はさらりと流した。

だが相手は執拗《しつよう》だった。

「なんのなんの、そなたの旧主福坂実高《ふくさかさねたか》様とそなたの実父坂崎正睦どのが数多の大名を差し置いて家治様との対面を許され、褒美まで授けられたそうな。今津屋の後見を務めるそなたの働きを上様がお認めになったゆえであろう」

石和田の話はとめどもなく厄介な方向に広がりそうに思えた。

「ご家老、本日のお呼び出し、なんぞ格別な意図がござりましょうか」

と磐音が話柄を転じた。

「おお、そのことじゃ。昨日は平林寺において野盗の輩を捕まえ、わが川越藩に引き渡したと聞いた。さすがに玲圓どのの跡継ぎかな、その礼を申し上げたくてな」

と石和田が言った。

「坂寄様にも申し上げましたが、それがしはなんの手出しもしておりませぬ。ここに同行した二人の門弟ともう一人の女門弟が相手いたしただけのことでございます。相手はまともな剣術修行をなしたという輩でもなし、日光のなにやらと名乗る者どもこそ不運でございました」

「それがのう、坂崎どの、あやつらども、わが前橋領にても押し込み強盗を働いておる他に関八州《かんはっしゅう》の代官領などで数件の余罪がござってな、手配書がこの川越に回ってきておるのだ。それをあっさりとこの若い門弟衆が捕えられたとは、さすがに尚武館道場と感服しておるところ、われら川越藩の誉《ほま》れとなった」

と応じた石和田が、

「坂崎どの、どうであろうな、川越滞在中に藩士らに稽古をつけてはくれぬか」

と用件を述べた。

「御藩の剣術は、神道通神流、直真影流と流儀を聞いております。わが直心影流とは流祖が同じ山田平左衛門光徳様《やまだへいざえもんみつのり》、長沼四郎左衛門国郷様《ながぬましろうざえもんくにさと》かと存じます。われらもどこぞで朝稽古をと考えておったところ、武道場をお借りして一緒に稽古ができるならば喜ばしい限りにございます」

「おお、ご指導願えるか」

「指導とは烏滸がましゅうございます。ご一緒に稽古をいたしましょう」

と磐音が応じた。すると、

「おおー」

と道場に控えていた藩士連が喜びの声を上げた。

「坂崎どの、稽古着を用意しております、こちらでお着替えを」

とその昔佐々木道場の門弟だったことがある坂寄が、三人を控え部屋に案内した。そこにはまっさらの稽古着が三組用意されていた。

「坂寄様、われら、真新しい稽古着など久しく袖を通したことがございません。出来ることならばご家臣のお使いになった稽古着はございませんか」

「松平どの、重富どの、さような斟酌《しんしゃく》は無用に願います」

との坂寄の言葉に、磐音らは真新しい稽古着に袖を通すことになった。

「坂寄どの、川越藩の剣術指南はおられぬか」

「それが前橋領にはおるのですが、こちら川越藩は一年も前に神道通神流の渡辺《わたなべ》太郎左衛門《たろうざえもん》どのが亡くなられ、ただ今は不在でございましてな、門人同士で稽古をしておる状況にござる」

と坂寄が言い訳し、

「もはや坂崎どのはわが藩の家臣の力を察しておられましょう。お手柔らかにお願い申します」

と磐音にさらに願った。

磐音はどう返事をしていいか困惑した。坂寄の言葉は手加減せよと言っているのか。確かただ今の尚武館に川越藩の家臣は一人も稽古に通ってきてはいなかったはずだ。ゆえに川越藩の武術の実力は推量するしかない。

「坂崎どのは見物しておられればよかろう。こちらの松平どのと重富どのに相手して頂ければ十分でござる」

磐音は二人を無言で見た。辰平も利次郎もどう解釈してよいかわからぬ顔で磐音を見返した。

「道場に戻ろうか」

　磐音は三人を誘い、道場に戻ってみると待機していた家臣団が三組に分かれて、稽古をする態勢を整えていた。坂寄の目論見はもろくも崩れた。

「坂寄、わが藩士の技量に合わせて三組に分けてある。尚武館のお三方に打ち込み稽古をしてもらえ」

　と国家老の石和田がいきなり坂寄に命じた。

「ご家老、そ、それは」

　佐々木道場時代にその稽古ぶりを承知の坂寄が止めようとしたが、磐音が、

「坂寄どの、稽古にございます。われらにお任せ下され」

　と願い、辰平と利次郎には、

「いつもどおりに」

　と稽古を命じた。

　見所側には磐音の前に七人の藩士たちが控えていた。その隣に辰平、そして一番奥で利次郎が若い藩士と対面していた。若いといっても辰平や利次郎の三つ四つは年上と思えた。

「利次郎どの、稽古を始められよ」

と磐音が命じると利次郎が竹刀を構え、

「お願い申します」

と一礼し、相手も礼を返すと一気に踏み込んできた。

辰平にしろ利次郎にしろ、尚武館では若手だ。

ようやく直心影流の基の動きが五体に馴染んだ程度の実力だ。その利次郎が面打ちにくる竹刀を弾くとよろける相手の胴に、びしり、と打ち込んだ。すると相手の体が横手に二間も吹っ飛んだ。

「おおー」

と驚きの声が上がった。これで自信を得た利次郎が、

「お次の方」

と指名して二番手が姿を見せた。だが、この相手も一合と打ち合うことなく自滅した。こうなると利次郎の独壇場だ。己の前に並んだ七人を瞬く間に道場の床に転がしていた。

見所の国家老石和田が言葉を失った。

「利次郎どの、二の組の者と立ち合うてみなされ」

と磐音がさらに命じた。

「おれにも残しておけ」

と小声で辰平が利次郎に囁いた。

二の組に対面した利次郎が無言で正眼の構えに竹刀を置いた。こちらの七人も利次郎と数合打ち合った者が二人いただけで、あとはあっさりと転がされていた。

「話にもならぬ」

と石和田が吐き捨てた。

利次郎がどうしましょうという顔で磐音を見た。

「一の組の方々はそれがしがお相手いたす。辰平どの、利次郎どのといつもの稽古をなされ」

と命じて、磐音が最後の七人に向き合った。

「今はなき渡辺太郎左衛門先生の教えを思い出し、かかって参られよ」

「はっ」

と答えた一番手が、

「川越藩警護方殿村喜朗《とのむらよしろう》」

と名乗り、必死の形相《ぎょうそう》で竹刀を正眼に構えた。

磐音が静かに竹刀を正眼に置いた。すると川越藩の武道場になんとも長閑《のどか》な気が流れた。居眠り剣法の、対戦する相手を戸惑わす独創の構えから不思議な雰囲気が漂って、どこからでも打ち込めそうに見えた。

だが、殿村は五体が固まったように身動きができなかった。

「どうした、殿村」

と石和田が思わず声をかけた。

二人の対戦の奥では、かつて軍鶏の喧嘩と言われた痩せ軍鶏とでぶ軍鶏が互角に打ち合いを続けていた。こちらは動の対決、必死で相手をねじ伏せようという闘志に溢《あふ》れる打ち合いだった。

片や磐音と殿村の対決は、どちらも微動だにもしなかった。だが、磐音のほうは、

「春先の縁側で日向ぼっこをしている年寄り猫」

の風情を漂わして温和なる構えだ。

一方殿村は五体がこちこちに固まり、

「動こう、踏み込もう」

という意思はあるのだが、動けないでいた。その額から脂汗《あぶらあせ》が流れ、睫毛《まつげ》にかかった。

「竹刀をお引きなされ」

と磐音が自ら構えを崩すと、殿村の体がゆらゆらと揺れて、そのまま横倒しに倒れた。

辰平と利次郎の打ち合いだけが際限なく続いていた。

「殿村どのの身を道場の端に引き下げて下され」

と願うと若手の藩士らが殿村を道場の端へと移した。

「お待たせ申した」

磐音が一の組の残りの六人に声をかけると最後に控えていた藩士が磐音の前に歩み寄り、床に正座した。残りの五人も倣《なら》った。

「それがし、川越藩の師範代、番外頭《ばんがいがしら》谷理兵衛《たにりへえ》にござる。坂崎磐音様、われら一同、大いなる勘違いをいたしておりました。ご家老に坂崎様方と打ち合い稽古をと望みましたが、井の中の蛙《かわず》、天下の尚武館道場の力を愚かにも見誤っておりました。まずお詫びを申し上げます。そのうえでぜひご指導のほどお願い奉ります」

と乞《こ》うた。

いつの間にか二の組も三の組の面々も谷らの傍らに座していた。

「ご丁重なるお言葉にございますな、尚武館の名に各々方はひとり相撲《ずもう》をお取りになったようです。私どもはこたび師佐々木玲圓の命で平林寺に訪れたのを機に、川越が近いゆえ見物して参れとの師の言葉で訪れたゆえ、私どもに与えられた日にちは今日を含めて三日しかございません。その間に尚武館の道場稽古をそなた方にお伝えするのはいささか無理。ですが、その一端だけでも感じて頂き、もしも尚武館を覗いてみようと思われるお方は江戸勤番の折にぜひ神保小路をお訪ね下され。われらと共に稽古をいたしましょうぞ」

磐音の言葉に見所の国家老石和田が、

「坂崎どの、ぜひ願う」

と言葉を発した。

辰平と利次郎の稽古は果てしなく続いていた。

「坂崎どの、あの者たちはいつもこのような稽古を続けておるのか」

「止めよとの声を掛けねば何刻でも打ち合っておりましょう」

「言葉もない。坂寄、そのほう、佐々木道場の猛稽古を承知であろうが、なぜそれをそれがしに伝えぬ」

「ご家老、それがし、佐々木道場の落第門弟にございます。偶さか玲圓先生と磐音どのの『百回昏倒三刻稽古』を目の当たりにしまして、それがしが修行を出来る場とは違うと思いました。師範代が申されるとおり、剣術に関してわれら井の中の蛙にございます。このことを実感するには坂崎どのに手本をと思いましたが、いきなり打ち合い稽古が待っておりました」

うう一ん、と石和田が呻いてしばし沈思した。

そのとき磐音は、玲圓が平林寺訪問のあと川越藩に向かわせたのは、なにか狙いがあってのことではないかと思い付いた。そのときはそのときのことだと思った磐音は、

「辰平どの、利次郎どの、稽古をいったん止められよ」

と命じた。

二人が磐音の言葉を聞き、さっと竹刀を引いて一礼し合った。二人は弾む息をしていたが、力を出し切っての打ち合いに満足した表情で、見る者に爽やかな感じを与えた。

「これが尚武館道場の稽古か」

茫然自失した若い藩士の呟きが洩れた。

磐音は二十数人に尚武館の打ち込み稽古のやり方を教え、辰平と利次郎を加え

て稽古を再開させた。

一刻ほどでどうにか形になったところで、見所の石和田のもとへ歩み寄り、

「ご家老、それがしになんぞ御用があるのではございませんか」

と尋ねてみた。

「尚武館の跡継ぎどののはすべてお見通しか」

と洩らすと、

「場を変えてもらってよいかな」

と願った。

「どうやらそれがしは江戸を出る折りより川越藩に参るのが決まっていたようでございますな。稽古もなんとか進み始めたようです。どちらに参りましょう」

「それがしの御用部屋に」

と願った石和田が何人かの者の名を呼び、磐音も武道場から従うことにした。

磐音が武道場を中座したのはおよそ一刻だった。

その間に稽古は終わっていた。

辰平と利次郎の二人が川越藩の若手藩士に尚武館道場のことなどを説明していた。

「お話は終わりましたか」

「旅籠の曲水に戻ろうか。腹も空いたであろう。そのあと、二人には働いてもらうことになる」

と磐音が願った。

「なんだか川越滞在が何日か伸びそうだな」

と辰平が言い、

「いや、江戸でのことを考えると、この一件、一日二日で片付けねばなるまい」

と磐音が言い切った。

川越訪問はなんとも奇妙なものへと変わっていた。

第五話　霧子への想い

一

江戸と川越を結ぶ新河岸川の川越城下には、川越五河岸と呼ばれる五つの河岸があった。この川越五河岸のうち一番城下に近いのは扇《おうぎ》河岸で、江戸に向かって新河岸、牛子《うしこ》河岸、寺尾《てらお》河岸で、新河岸は上と下とに分かれていた。

この五河岸の中で川越城下から離れ農村地帯にあった新河岸は、江戸との交流が盛んなために都の風俗や流行《はや》りものが直ぐに伝わってきた。

娘たちは三味線や琴や華道を習い、河岸町界隈の娘は、

「お洒落《しやれ》もの」

と呼ばれた。

新河岸川の水量も豊かで、水質もきれいなために、

「カワト」

と土地の人が呼ぶ可憐《かれん》な花が春には咲いて、旅人や土地の人を楽しませた。

上新河岸と下新河岸には、新河岸川と入間往還に挟まれた間に伊勢安《いせやす》を始めとする船問屋がいくつもあり、右岸と左岸を結ぶ旭橋《あさひばし》の袂には船会所があり、荷積問屋、船宿、酒蔵、湯屋、飲屋、土蔵が無数に並び、新河岸の町は城下とは一風変わった賑わいを見せていた。

また荷積問屋は店によって、荒物・雑貨、甘藷《かんしょ》に材木、肥料類、糠《ぬか》に灰、醤油《しょうゆ》、酒など扱うものが異なった。これらの店は江戸にも出店を持っていた。

そんな中で船会所から江戸寄りに少し離れたところに、綿を扱う綿屋《わたや》吉之助《きちのすけ》の荷積問屋があった。

この綿屋の店蔵を借り受けて改装し、東軍《とうぐん》流木俣軍兵衛敬重《きまたぐんのひょうえたかしげ》が剣道場を始めたのは六年前のことだという。はじめ土地の人々は、

「侍の商いだね、新河岸で剣術を習う人間がいるものか」

と笑っていた。だが、木俣軍兵衛のもとへ十数人の仲間が寄り集まって木刀や竹刀で打ち合い、川越舟運の船頭たちも出入りして、

「ヤットウごっこ」

を習い始めた。

しかし、いつの間にか木俣の蔵道場は夜になると賭場《とば》に代わり、その賭場に引き入れられた綿屋の主《あるじ》の吉之助が、賭場の借財のかたに荷積問屋の沽券《こけん》の名義替えをさせられ、綿屋は店の名だけを残して奉公人は番頭の金蔵《きんぞう》の他は職を失い、綿屋一家六人は大雨の夜、新河岸川に入水して死んだ。

川越藩が気付いたときには、今や夜の河岸町を木俣軍兵衛が支配するまでに力をつけていた。

なにしろ木俣軍兵衛道場には腕利きの面々が揃っていて、城下の目付衆や町奉行所の面々が付け入る隙がないほどの一大勢力を形成していた。

近ごろでは毎夜、新河岸川を上り下りする屋根船が賭場になり、朝になれば荷積問屋綿屋の持ち船の一艘《そう》に変わった。

磐音は、国家老の石和田に木俣一派の大掃除の手助けをしてほしいと願われた。

磐音がなんとなく推量したように、藩主松平大和守直恒が速水左近を通して佐々木玲圓へと内々に尚武館の、

「助勢」

を願ったのだ。そこで玲圓は、磐音の平林寺行きに事寄せて、川越城下を訪ねさせたのだ。

直恒は宝暦十二年（一七六二）生まれゆえ弱冠十六歳、速水が玲圓に「助勢」を願った理由だった。

磐音は辰平、利次郎を引き連れて旅籠の曲水に戻る道すがら、石和田の頼みを二人に告げた。

「そうか、われらは川越の大掃除に招かれたのか」

と辰平が言い、利次郎が、

「辰平、勘違いするでないぞ。坂崎磐音様の腕前を国家老、いや、藩主の松平直恒様が頼りにされておられるのだ。われらは従者に過ぎぬ」

「では、利次郎とそれがしは、坂崎様の働きをだな、指を咥《くわ》えて見ておればよいのか」

「そうは言うておらぬが、長はわれらではない。坂崎様だ」

「のんびりと川越見物と思うたが当てが外れましたな」

と辰平が言い、

「どうされますか」

と利次郎が磐音に尋ねた。

「われらに与えられた日にちは本日を入れても三日しかござらぬ。おこんさんと関前藩の御用船に乗船する日が迫っておるからな。まずは霧子に働いてもらうとしよう。木俣軍兵衛の手勢の数や賭場船の様子を知っておきたい」

「坂崎様、われらが平林寺で日光のなんとかなる押し込み強盗を捕まえたことが川越でも知られていませんか。となるとわれらが本日川越城に呼ばれたことを相手側も勘繰るのでは」

辰平が気にした。

「今のところ、われらのことは木俣一味も気にはしていまい。平林寺の一件は、町奉行所の坂寄様方の手柄としたことが却ってよかった。だが、早晩、われらのことは木俣らにも知られよう。われらにも日にちの余裕がない、事を決するのは明日の晩。むろん川越藩の藩士方にもわれらを手助けしていただかねばなるまい」

「坂崎様、正直申して辰平やそれがし以下の技量の方々ばかり、当てにはなりませんよ」

「だからこそ霧子の探索が肝要となろう」

しばし沈思していた利次郎が、

「坂崎様、それがし、霧子の手伝いをしてはなりませぬか。われら二人とも川越城下の新河岸を知りません、霧子が一人で動くより、それがし、霧子が自在に動けるように背後から霧子を守りたいと存じます」

と言い出した。磐音が、

「そう願おう」

「それがしはどうしますか」

利次郎に先んじられた辰平が言った。

「辰平どのは、おこんさんとそれがしの供でのんびりと川越見物をいたそうか。相手方に気付かれぬための小細工だが、思い付いたことをやっておくのもよかろう」

「承知いたしました」

と辰平が頷き、それぞれの役割が決まった。

その日の昼下がり、若い夫婦者の百姓に身をやつした霧子と利次郎は、竹籠《たけかご》を負って扇河岸で借り受けた小舟に乗り、新河岸川を上新河岸と下新河岸の間に下った。そこで霧子が独りで、荷積問屋の看板を残した綿屋付近の地理を知るために小舟を下りた。

頬被りに破れ笠をかぶった利次郎は、用意していた釣竿《ざお》の糸を垂らして釣の真似事をした。

霧子が戻ってきたのは七つ半（午後五時）時分だ。手には竹皮包みを持っていた。どうやら食い物のようだ、匂いがした。

最前から利次郎は、客を乗せた早船が新河岸を次々に出ていくのを見ていた。

「おまえさん、舟を旭橋の橋下に移して下さいな」

と霧子が女房のふりで願い、

「畏まって候」

と利次郎は答えていた。その返事に呆れたような顔をした霧子は利次郎が船の動きを気にかけているのを見た。

「川越舟運の早船よ、この七つ（午後四時）から七つ半時分に新河岸を出て、明朝五つ半（午前九時）時分には江戸に到着するそうよ」

とどこで聞いてきたか霧子が告げた。

「われら、帰路はあの早船に乗って楽旅じゃな」

「そういうことよ」

　と応じた霧子が小舟に乗り込んできて、

「この界隈のお百姓衆の言葉じゃないわね」

　と小声で注意した。

「そうか、百姓の言葉ではないか」

「でも舟の扱いはなれているのね」

「ああ、それはな、四つの折りから爺様のところに何年も居候に出されていたからな、八右衛門新田の小名木川や南十間川で習い覚えたのだ」

「あら、高知藩の下屋敷育ちではないの」

「うむ、いささかわけがあってな」

「聞きたいけど、まず旭橋の下に小舟を止めて。ほら右手前に見えるのが木俣軍兵衛の綿屋よ」

「浪人者が荷積問屋の主になれるものか」

「そこよ、昔の綿屋の番頭の名義で綿屋が営まれているの。木俣が綿屋を乗っ取る手伝いをしたのは昔の綿屋の番頭の金蔵よ」

「なんということだ」

「よくある話ね。綿屋から賭場船が出るのは暮れ六つ（午後六時）よ。それまで半刻はあるわね。最前の話を続けて」

と霧子が願った。

「おお、あの話か。大名屋敷の江戸藩邸というのは窮屈なところでな、おれが四つの夏のことだ」

と前置きした利次郎は霧子に江戸藩邸を出て、母方の祖父の隠居所に預けられるまでの話のあれこれを閑《ひま》に任せて告げた。

黙って利次郎の話を聞いていた霧子が、

「大名のご家来の倅ってきびしいんだ」

「嫡子と次男三男では、まあ極楽と地獄くらいの差があるな。でも、おれは爺様のところに出されてよかったと思うておる」

「利次郎さんは、殿様にだって裸を見せたんですものね、殿様は喜んだんでしょ」

「喜んだかどうか、そう怒った顔ではなかったな。おれの最初の記憶だ」

利次郎は霧子に、そなたの最初の記憶はなにかと問い掛けようとして磐音の忠言を思い出して止めた。

「あの屋根船が賭場船ね」

霧子が目ざとく賭場船を言い当てた。

綿屋からぞろぞろと川越の商人衆や僧侶や名主のような男たちが十数人船に乗り込み、堂々たる体格の武家と胴元と思しき男とツボ振りの艶《あで》やかな女子が最後に乗り込んだ。

「えらそうにしている侍が木俣軍兵衛、町人の胴元がね、昔の綿屋の番頭の金蔵よ」

「綿屋は最初から木俣軍兵衛と金蔵に狙われておったか」

「そういうこと」

屋根船がゆったりと牛子河岸に向かって下っていった。

そのあとを、木俣軍兵衛の手下の剣術家が五人ほど乗った船が従うように追った。

一丁ほど間をおいて利次郎が棹《さお》さす小舟も、二艘の賭場船と用心棒の船を追い始めた。なにしろ賭場船も用心棒が乗る船も急ぐ船ではない。

「川越城下から離れた伊佐島河岸の手前の葦原《あしはら》に、賭場船を潜り込ませて動かないそうよ。明け六つには新河岸に戻ってくるの」

「霧子、たった一刻ほどの間にどうしたら、さような話を得られるのだ」

と棹を使いながら利次郎が感心した。

「私、親の顔も知らずに育ってきたのよ。どんなことでもして生き抜いてきたの。若い娘だと男衆はだれもが油断するわ」

「危ないではないか。これからはおれが従っていこう」

「利次郎さん、それでは下忍の仕事は務まらないわ。気持ちだけを頂く」

「霧子はえらいな。独り身でこの歳まで生きてきたなど信じられぬぞ」

しばし沈黙していた霧子が、

「いつの日か利次郎さんに話すときがくれば話すわ」

「話すってなにを話すのだ」

「それも内緒ね」

「それでは気になるではないか」

と言った利次郎が訊いた。

「そなた、どこで玲圓先生や坂崎様と知り合ったのだ」

「日光よ」

「それは承知だ」

「それ以上は話すことはできません。坂崎様も玲圓先生も弥助さんもお話しになることは生涯ないでしょう」

「家治様の日光社参にはそれほどの秘密があるのか」

「はい」

と返答をした霧子は、親の仇を討ち、命を救ってくれたお方のことは生涯口にしてはなるまいと改めて胸に誓った。

そのとき、利次郎が、

「賭場船が葦原に潜り込んでいったぞ」

と霧子に告げて小舟を止めた。

用心棒侍の乗る船が、賭場船が潜り込んだ葦原の入口を塞ぐように止まったからだ。

船と小舟の間には一丁の間があった。

「どうするな」

「一刻ほど待ちましょう」

と霧子が言った。

晩夏の残照が新河岸川を濁った赤に染めた。

利次郎は小舟を半分ほど葦原に艫《とも》から突っ込ませた。舳先に座していれば用心棒船の気配も窺《うかが》えた。

「お腹空いたんじゃない」

「竹皮包みは食いものか」

「握りめしよ」

と霧子が竹皮包みを開いた。握りめしが三つ出てきた。

「数が合わぬな」

「利次郎さんが二つ食べなさい。私には格別な食べ物があるの」

と言うと霧子は竹籠から革袋を出して、木の実のようなものを齧《かじ》りだした。

「妙な食い物じゃな」

「下忍は乾燥させた胡桃《くるみ》や木の実を食べて何日も生きることができるわ。三つとも食べていいわよ」

「いや、霧子、そなたが一つ食してくれぬとおれも食べられぬ」

「あら、お侍さんが遠慮するの」

「最前申したろう。嫡子と次男三男では扱いが違うのだ。巷《ちまた》の『居候、三杯目にはそっと出し』という川柳を知らぬか」

「なに、それ」

「若旦那が遊びすぎて家を追い出されたと思え。最初こそ、『若旦那、うちにいらっしゃいな』なんてお店に出入りの者が誘ってくれるがな、しばらくすると居候先の女房がいい顔をしなくなる。めしもな、遠慮しいしい茶碗を差し出すことになる。辰平やおれも屋敷では居候の身だ、部屋住みの身は生涯続くでな」

「お婿さんに行けばいいわ」

「霧子、江戸を未だ知らぬな。江戸の住人は百万といわれるが、半分は勤番侍だ、女より男が多いのが江戸だ。婿入りの口などそうあるものか」

「そうなの、だったら、私が嫁になってあげる」

「えっ」

「冗談よ」

と応じた霧子が握りめしに手を伸ばし、利次郎もようやく二つの握りめしを食した。霧子が舳先に這っていくと用心棒侍の様子を見た。

「お酒を飲んでいるわ、頃合いね」

「頃合いとはなんだ」

「利次郎さん、こちらを見ないでよ」

と言った霧子が竹籠から風呂敷包を出すとなにかに着替える様子があった。次の瞬間には、霧子の気配が消えて体が水中に沈んでいくところだった。

「霧子」

と小声で呼んだ。だが、応答はなかった。その代わり、葦原が音もなく揺れていた。

利次郎は一夜を不安な気持ちで過ごした。

夜空にある下弦の月の位置から見て、深夜を過ぎても霧子が戻る様子はなかった。

(どうしたものか)

用心棒の船の連中は酒に酔って高鼾《たかいびき》で寝込んでいる者もいた。

「よし、舟を動かして霧子を探す」

決心した利次郎は葦に結んだ縄を解いた。

そのとき、小舟が揺れて水中から霧子が顔を覗かせた。

ふうっ

と大きく息をした霧子が、

「利次郎さん、私を引き上げて」

と手を差し出した。

「よし」

利次郎は霧子の両手をとると軽々と引き上げた。

月明かりに霧子の体に張り付いた白衣一枚の姿がおぼろに見えた。

「見ないで」

「す、すまぬ」

と慌てた利次郎は後ろを向いた。

霧子が竹籠から着替えを出す様子があり、

「さあ、宿に戻りましょうか」

「探索は済んだのか」

「済んだわ」

「おれはなにもしておらぬぞ」

「いえ、利次郎さんが近くに待っていると思うと、大きな力になったわ」

と霧子が言い切った。

利次郎が霧子を意識し始めた瞬間だった。

二

翌日の朝稽古のあと、旅籠曲水に川越藩の町奉行吉野祥三郎《よしのしょうざぶろう》、目付頭町村悟左《まちむらござ》衛門《えもん》、坂寄与三郎らが集まり、利次郎と霧子の話を聞いた。

むろん磐音はすでに明け方に戻ってきた二人から報告を受けており、このあと、二人は朝風呂に入り、朝稽古は休んで仮眠を二刻半ほどとって元気を回復していた。

川越藩の面々が驚いたのは霧子の行動と報告だ。霧子の話が終わると、しばし口を開くことはなかった。

ようやく坂寄の上役の吉野祥三郎が、

「尚武館佐々木道場には女密偵どのもおられるか」

と訝しげな表情で言葉を洩らした。その問いとも呟きともしれない言葉に磐音は直には答えず、

「尚武館佐々木道場は元徳川家の譜代の臣、千代田城近くに拝領地を頂戴して道場を開いたにはなんらかの使命が与えられておったとか聞いております。されど

もはやわが師匠佐々木玲圓には直心影流の剣術指南とは別に、さような使命が伝わってはおらぬ由にございます」

と応じた。

「とは申せ、先の日光社参には佐々木玲圓様も跡継ぎ坂崎磐音どのも家治様近くに同行なされたことは周知の事実」

と目付頭の町村が言った。

「霧子もまた日光に同道いたしました」

磐音は暗に、家治も霧子の存在を承知という虚言を弄した。嘘も方便、町村らに霧子の報告が確かであると認めさせることが先決と考えたからだ。

吉野と町村が期せずして、ふうっと吐息を洩らした。

磐音は利次郎と霧子をその場から去らせ、川越藩の面々の顔を改めて見回した。

「今晩より明晩のほうが大きな賭場が開かれるのですな」

と町村が磐音に念を押した。

「霧子と利次郎の報告はすべて信頼してようございます。今晩、客の少ない賭場に踏み込むか、あるいは明晩の大きな賭場に踏み込むか、お決めになるのは川越藩、つまりは吉野様、町村様方にござる」

「わが方は、明晩一味を一網打尽にすることが都合がよい。とは申せ、坂崎様方には江戸へ戻る日にちが迫っておると坂寄に聞かされております」

と案じ顔で町奉行の吉野が言い出した。

「それは事実でござる。それがしと同行している女性おこんどのと、豊後のわが旧藩の御用船に同乗して江戸を離れる期日が迫っておることは確かでござる。とは申せ、明晩のほうが慎重に捕縛《ほばく》の仕度ができましょうし、われら、事が終わったあと、夜船に乗ってその場から江戸へ戻ることができるならば、なんとか間に合いましょう」

磐音の提案に、

「坂崎様、藩の御用船にて坂崎様方五人を江戸へと向かわせる仕度をさせることではいかがでございますな」

と坂寄が提案した。

「それはわれらとしても有難い」

「となれば本日と明日の昼間に綿屋一同の動きに目を光らせて探索を続け、慎重を期し、明晩に必ずや木俣一味をひっ捕らえ、客をも同時に城下に連れ戻り、きついお灸を据えるということでようございましょうか」

「ここは慎重を期する要があろうと思います」

川越藩の町奉行と目付頭という二人の捕物方の長と磐音の間で話が決まった。

川越藩の面々は磐音らの助勢を受けることが決まり、安堵の息を洩らした。

磐音はしばし間を置いた。そして、

「最前、霧子の口から報告させておらぬことが一つだけござる」

と言い出した。

「なんでござろう」

目付頭の町村が視線を磐音に向けた。

「かつて新河岸の荷積問屋綿屋の番頭をしており、ただ今の木俣軍兵衛の胴元の如き役目を務めておる金蔵がふと賭場で洩らしたところによると、城中の者で木俣一味に通じる者がおるとか。その者のことを町村どの、吉野どのは察しておられますかな」

「まさか」

「家中にさような者はおるわけもない」

と二人が言い切った。そのうえで、

「女密偵どのは賭場船に乗り込んだわけではなし、水中から賭場のざわめきの中で聞き違えたということはござらぬか」

と町奉行の吉野が抗《あらが》った。

「それがし、霧子の耳を信頼しておりましてな」

「とは申せ、家中にさような者がおるとは考えられませんぞ」

目付頭の町村も首を激しく横に振った。それに頷いた磐音が言った。

「三年前に前橋領から川越領に移ってきた者にて、元締加勢職内村某《うちむらなにがし》なる方はおられようか」

しばし吉野も町村も坂寄までも沈黙し、

「ああー」

と坂寄が悲鳴のような声を洩らした。

「なんぞ心当たりがおありか」

吉野と町村が顔を見合わせた。そして、町村が、

「内村進三郎《しんざぶろう》は、確かに前橋領の居付き元締加勢でございましてな、前橋領から川越領に移ることを抗った者にございまして、川越に来ても不満を隠さない藩士として知られていました。ところが最近えらく愛想がよくなり、どのような御用もいとわず働くと聞いております」

と言った。

「となるとわれらが城下にお邪魔しておることが内村どのを通じて相手方に知らされておりましょう。そのうえ、明晩賭場に手入れが入ることもいずれ木俣一味に知らされませぬか」

「内村が木俣なる不逞《ふてい》の輩にさようなことまでなすとは考えられませんがな」

と吉野が未だ拘り、

「いや、吉野氏《うじ》、ここは用心に越したことはない」

と町村が応じ、

「本日の会合の内容が国家老石和田様に知らされると、家中の動きが変わりましょう。となれば内村どのは気付かれますな」

と磐音が示唆《しさ》した。

「なんとしたことで」

と坂寄が言い、

「どういたしましょうか、坂崎様」

と磐音に尋ねた。

「われら、本日の川越舟運にて新河岸を出て江戸へ帰ります」

「そ、それは困る」

　と町村が慌てた。

「町村氏、坂崎様方が川越を去られたと相手が悟ることが大事と申されておられるのではございませんか」

　と坂寄が応じ、

「そういうことです」

　と答えた磐音が、

「昨日、それがしとおこんさんと辰平どのの三人が、ご城下をのんびりと見物しておりましたことを内村どのに知られていればそれもよし。われら、川越見物を終えたゆえ、旅仕度をして新河岸に向かい、どこぞの船宿に入り、江戸への川越舟運の船に乗る手配をいたします」

「ふむふむ」

　と得心した町村が、

「さような策でしたか。坂崎様方五人は引又《ひきまた》河岸辺りで降りられて、休息のあと、船には乗り込まず、明日まで引又河岸の井下田《いげた》回漕屋《かいそうや》で過ごされる。われら、明日の昼盛りに伊佐島河岸へと戻る船を密かに手配して引又河岸に差し向けます。

戻り船は船頭が引き上げますで、時間《とき》を要します」

と言い、続けて吉野が、

「となると内村はどうしましょうかな」

と訊くと、

「密かに見張り、明日深夜の賭場踏み込みと同時に捕縛して尋問なさることですな」

と磐音が言った。

そのあと、あれこれと打ち合わせ、町村と吉野は緊張の顔付きで旅籠の曲水を出ていった。

それから磐音ら五人は急ぎ旅仕度をして、坂寄に案内されて城下から上新河岸の船宿に入った。

七つの刻限、川越舟運の船が江戸へと向かって次々に出ていく。坂寄らの見送りを受けた磐音一行が、

「お世話になりました。坂寄どの、次は江戸でお会いしましょう」

と言葉を返した。すると、

舟は出ていく、一六《いちろく》船が
こんどくる日は　いつだやら

と舟歌が新河岸に響き渡った。一六船とは一の日に川越を出た船が江戸を往来し、次の江戸下りが六の日となることに由来する。

新河岸川の流れに乗って船はゆっくりと下っていった。

「坂崎さん、どこへ行っても慌ただしい旅ね」

とおこんが囁いた。

「おこんさん、こたびの平林寺行きにかような影御用が隠されているとは考えもしなかった。次なる豊後関前の御用船は風具合では摂津に着くのに十数日はかかろう。徒歩旅ではないでのんびりとしておろう」

「川船と異なり、外海では揺れるでしょうね」

「それも風次第、波次第じゃ。昨年、わが父も藩船に同乗して参られた。おこんさん、安心なされ」

と磐音が言った。

そのとき辰平は川船の舳先に行き、行く手を見ながらしゃがみ込んで、なにやら沈思していた。

「辰平さんたらこのところ考え事をしているわね」

「おこんさん、われらの考え事など食べることか稽古のことくらいです」

と応じた利次郎だが、脳裏に流れから小舟に上がってきた霧子の姿態が浮かんで慌てて首を横に振り、

「それがしも舳先に行って新河岸川の景色を眺めよう」

と言い残し、磐音たちの座す苫屋根の下から舳先に向かった。

「霧子さん、旅は別にして尚武館の暮らしには慣れたの」

「江戸に連れてこられて神保小路の尚武館の長屋暮らし、これまでの暮らしがなんであったのか、心穏やかに過ごさせてもらっています。おこん様はいつ神保小路に参られますか」

「豊後関前から戻ってきて速水様のお屋敷にしばらくは暮らし、先に佐々木家に養子に入っている坂崎様のもとへ嫁に行くとなると、早くて来年の春かな」

とおこんが磐音の顔を見た。

「そんなところであろう。ともあれ、明晩の賭場を始末しなければ江戸にも戻れぬ」

「ともかく坂崎さんは忙しすぎです。尚武館に入ったら、もっと穏やかに暮らしますからね」

とおこんが磐音に言った。

「おこん様、お言葉ですが坂崎様は尚武館の跡継ぎでございましょう。その他にきっと川越以上の御用があちらこちらから頼まれます。ということはおこん様の願いは当分叶わぬのではありませんか」

「えっ、これまで坂崎さんといて、幾たび肝を冷やしたことか。最早これまでと命を失う覚悟をしたこともあったのよ」

「これからもきっとございます。けれど、坂崎様の不思議な居眠り剣法は、無敵ですからご安心を」

と霧子が言った。

辰平は迷っていた。江戸を発《た》つ前に漠然と考えていたことが平林寺から川越城下に移動していく間に一つのかたちをとり始めていた。

(そんなことができようか)

と考えていると、

「辰平、なにを考えておる」

利次郎の声に空想を破られた辰平は胸中を覗き見されたかと思い、どきっ
として振り返った。

「なにも考えてはおらぬ。新河岸川の光景は江戸と違って長閑じゃなと思っておっただけだ」

「痩せ軍鶏がさような風流を考えておるだと、訝しい」

「なにが訝しいだ。それより利次郎、そなた、霧子が好きになったか」

「どうしてさような言葉を吐くな」

「なんとのう、旅に出て、でぶ軍鶏の言動がおかしいゆえな」

「旅はいろいろなことを考えさせるな」

「なにを考えた」

「おれの物心ついた折りの出来事を思い出した」

「なんだ、それは」

「言いたくない」

「隠し事をせずともよかろう。われらは痩せ軍鶏でぶ軍鶏と、尚武館では末弟の

ような間柄じゃぞ」

しばし間を置いた利次郎が、

「わが家が高知藩江戸藩邸の定府ということは承知じゃな。おれがなんの悪さをしたのか、母方の爺様の隠居先に四つの折りから預けられた。その折りのことをな、思い出した」

利次郎は霧子に告げた奥御殿の泉水で水遊びしていたことを言わずにこう述べた。あの記憶は霧子ゆえに話したのだ。だれにもかれにも話してよいことではないと利次郎は考えたのだ。

「ふうーん、利次郎にそんな苦労があったか」

「辰平は屋敷を出されたことはないのか」

「ないな。いや、尚武館の長屋暮らしゆえ、今がそうか」

「幼き折りのことを問うておる。尚武館入門は己が決めたことであろうが」

「ああ、そうだな」

と答えながら辰平は、

(屋敷を出るのはこれからだ)

と最前の空想に考えを戻した。

「利次郎は尚武館での修行を続ける気か」

「当たり前ではないか。尚武館以上の剣道場がどこにある。玲圓先生は雲の上のお方ゆえ別格じゃ。坂崎磐音様が尚武館の跡継ぎになったら、さらに充実しよう。昨日の川越藩の家臣方の力を見てみよ、尚武館でわれらの力は中位といいたいが真は下位と中位の間であろう。そのおれに家臣方が何人も敗れたのだぞ。おれは、尚武館で稽古をつけてもらったから、昨日の対戦に勝てたと思うている」

「間違いない」

と辰平が応じた。

「だがな、そんなおれたちも霧子に勝てるか」

「うむ、霧子は下忍の技の持ち主だからな、われら程度の剣術では通じまいな」

「そこだ」

「どういうことだ、そこだとは、辰平」

「おれはな、霧子の強さは命を張って生きてきた者の強みと思うておる、違うか」

利次郎は辰平の問いに直ぐには答えられなかった。

「では、坂崎磐音様を見てみよ。玲圓先生が一目をおくゆえに尚武館の跡継ぎに望まれたではないか。居眠り剣法の強さの秘密はなんだ、利次郎」

「人柄かのう」

「人柄がよければ剣術が強くなるか」

「それは違うな」

と利次郎が答えて、

「そうか、坂崎剣法の強さは修羅場を潜った者だけが持つ凄みか」

「おお、霧子も坂崎様も生死の境を幾たびも潜りぬけてきた経験がある。ゆえに構えただけで川越藩の家臣がぶっ倒れるのだ」

「そうか、そうだな」

と利次郎は得心し、

「となれば坂崎様と霧子のそばで稽古を続ければ、われらも今少しましな門弟になろうな」

利次郎の言葉を聞いた辰平は、

(わが道は違う)

と思った。

三

川越舟運あるいは新河岸川舟運の河岸場で、川越五河岸に次いで客が利用し、物が上げ下ろしされたのは引又河岸だった。

磐音ら一行は河岸場から少し離れた旅籠で一日をのんびりと過ごし、そのときに備えた。そして、翌日の七つの刻限に川越藩の御用船国方丸が引又河岸に姿を見せた。国方丸には船頭の他には坂寄与三郎だけが乗船し、井下田回漕屋に戻ってきた五人を迎え、夕餉をいっしょにとった。

新河岸川には客船や荷船が帆を張って下っていくのが見えた。

船の大きさは米ならば二百五十俵から三百俵が積め、客船には最大で七十人ほどが乗れた。荷船と客船の違いは屋根があるかなしかだ。むろん客が乗る船のほうに屋根があった。

川越藩の御用船は屋根船で立派な造りで部屋もあった。

この国方丸におこんだけが残り、磐音らの帰りを待つことにした。

坂寄は引又河岸の名主の持ち船の小型船を借り受け、磐音、辰平、利次郎と霧子、それに坂寄が乗り込んで国方丸の船頭衆三人が伊佐島河岸まで引き上げていくことになった。

日が暮れた刻限から賭場船が止まっている葦原まで船頭衆が、

エイコラ、エイコラ

と言いながら河岸道を引っ張っていく。

力が有り余っている辰平と利次郎は船頭三人に交じり、綱を引いた。

磐音を乗せた名主船が伊佐島河岸近くの葦原に差し掛かったのは、夜の九つ時分だ。船頭が引き綱を引くのは新河岸川の右岸であり、賭場船が止まっているのは左岸だ。

用心棒の木俣道場の門弟侍が乗る船が深夜に川越へと向かう船を気にかけた。だが、磐音と霧子と坂寄の三人は胴の間に臥《ふ》せり、船頭と船頭の形《なり》をした辰平と利次郎らは無心に綱を引いて賭場船と用心棒門弟の乗る船が泊まる対岸を通り過ごし、川越五河岸へと消えていった。

賭場船が見えなくなるところまで引き上げた名主船が土手に泊まり、坂寄が提灯に火を入れて、川越藩の町奉行所と目付衆の役人が捕物仕度で待機する御用船に向かって合図を送った。

「坂崎どの、そろそろ取り掛かりますか」

と坂寄が言い、船頭姿から尚武館の門弟の姿に戻った辰平、利次郎が引又河岸で手造りした木刀を手にして名主船に乗り込んだ。

「船頭衆、よいか、一気に用心棒どもが乗る船に接近してくれぬか」

と提灯を消した坂寄が言い、船頭たちは藩の捕り方の手伝いに張り切って、

「坂寄様、任せておきなって」

と船頭頭が応じると名主船の舳先を巡らした。

船頭頭とは別に三人の船頭が棹を使い、流れに船を乗せた。

磐音は船に残っていた棹を手にした。名主船の舳先に辰平と利次郎が低い姿勢で構え、磐音と辰平、利次郎の間でしゃがんだ霧子は手にいくつかの礫を保持して、
カチカチ
と鳴らし、微《かす》かな音を立てていた。

一気に流れに乗った名主船に用心棒どもが気付き、

「なんだ、あの船は」

「最前、上流へと引き上がっていった船ではないか」

とすでに酔っているのか呂律《ろれつ》の回らない口で言い合った。

名主船の船頭衆が無言のままに接近して、用心棒の乗る船に横付けするように迫った。

「おかしいぞ」

と立ち上がった木俣軍兵衛の門弟たち二人を、名主船の磐音が中腰の姿勢から棹を突き出して次々に新河岸川の流れに落とした。

「な、なにをする」

残りの三人に霧子の礫が投げつけられ、怯《ひる》んだところへ辰平と利次郎が木刀を手に飛び込んで三人を流れに叩き落とした。

一瞬の制圧だった。

「ほうほう、さすがに手際がようござるな」

と名主船に残った坂寄が満足げに言い、用心棒船に言葉もなく竦んでいる船頭らに、

「川越藩町奉行所の手入れである。そのほうら、下新河岸の回漕屋花木《はなき》の者じゃな、さっさと下新河岸に戻り、おとなしくしておれ。明日にも町奉行所が取り調べに入るでな」

と命じて、船頭たちは慌てて棹を使い、対岸に船を寄せると空船を引き上げていった。代わりに藩の御用船二艘が捕り方を乗せて磐音らの船に接近してきた。

「よし、手はずどおりに動け。よいな、一人も逃すでないぞ」

と坂寄が捕り方に命じ、磐音に、

「お願い申します」

と頭を軽く下げた。

すでに辰平と利次郎は名主船に戻っていた。

「われらが突き落とした用心棒どもはどうなりますかね」

利次郎がだれにともなく用心棒侍の身を案じて呟いた。

「この界隈の流れは急ではございませんでな、どこぞの土手に這い上がりましょう。酒の酔いが覚めてちょうどよい水浴びです」

と坂寄が言った。

用心棒が乗っていた船がいなくなり、代わりに灯りも点《つ》けていない名主船が賭場船の泊まる葦原へと潜り込んだ。

賭場船からは煌々と行灯の灯りが葦原の水面を照らし、博奕《ばくち》は佳境に入っている様子だ。賭場船の連中は用心棒が乗る船がいなくなったのに気付いている風はない。船頭たちは艫にある「セジ」と呼ばれる船頭らの船所帯で眠り込んでいるのだろう。かすかに鼾が聞こえてきた。

磐音は仕草で名主船を賭場船の反対側に回してくれと命じた。得たり、と川越藩船奉行支配下の船頭衆が音もなく艫を回って反対側に移り、ぴたりと横付けした。

そのとき、葦原の中に御用船二艘が入ってきて、いきなり強盗《がんどう》提灯を点して賭場船を照らし出した。

「川越藩町奉行所の手入れである。大人しくいたせ!」

と町奉行の吉野祥三郎が大喝《だいかつ》した。

一瞬の静寂があって、

「さような話は聞いておりませんぞ。木俣先生、なんとかして下され」

と金蔵か、声がした。

客は驚きに声を失ったか、しーん、としていたが、障子がわずかに引かれて、

「あぁー、ほんとや、町奉行所の手入れや」

と悲鳴を上げた。

辰平と利次郎は、賭場船の舳先に乗り込んだ。

一方磐音は船頭に艫に戻すように合図して、艫から賭場船に上がった。

坂寄は霧子といっしょに名主船に控えていた。霧子の手には礫の飛び道具があった。

不意に賭場船の反対側の障子戸が大きく開かれ、名主船を見た客の一人が、

「その船、藩の御用船と違いますな。わしらを乗せて逃がして下され。礼は望むままに払いますでな」

と言った。

「戯《たわ》け者が！　その声は呉服屋中春《なかはる》の儀左衛門《ぎざえもん》じゃな、それがし、町奉行支配下の坂寄与三郎じゃ、じたばたいたすと容赦はせぬぞ」

と怒鳴り返した。

「ひやっ、坂寄様か。ああ、駄目じゃ、なんとかなりませんかな」

と願った。

「逃げぬと約束いたすか」

「へえ、もう逃げ隠れはしません」

「ならばこの船に乗り移れ」

と坂寄が許すと、賭場船から客数人が飛び移ってきた。

賭場船の平屋根の上に大兵《だいひょう》と師範格らしい二人が這い上がって、辺りを見回した。

磐音は艫にある船頭部屋セジの屋根から賭場船の平屋根に飛び乗った。

「役人ではないな、何奴か」

と大兵が磐音に質した。

「いかにも川越藩松平様の家臣ではござらぬ」

「町奉行所の狗《いぬ》か」

「木俣軍兵衛どのじゃな、そなたらに狗よばわりして欲しくはございませぬな。それがし、江戸神保小路、直心影流尚武館佐々木道場の門弟坂崎磐音と申す者にござる」

「ばかっ丁寧に名乗りおったな。尚武館佐々木道場の門弟じゃと、木俣軍兵衛の刀の錆《さび》にしてくれん」

木俣が豪刀を抜いた。すると師範格と思しき二人のうちの一人が、

「木俣先生、話に聞いた神保小路の尚武館佐々木道場の増長ぶりが気に入りませぬ。先生、われらにお任せ願えませぬか」

と言い出した。

「よかろう」

軍兵衛が賭場船の平屋根の上で二人と身を躱《かわ》そうとした、そのとき、

「おい、博奕打ちになり下がった銭の亡者め、そなたらの相手は、尚武館の住み込み門弟の松平辰平と」

「同じく重富利次郎が務める、参れ」

と名乗りを上げた。

「なに、そやつの手下がおったか」

と師範格たちが振り返った。

すると手造りの木刀を構えた辰平が、

「尚武館佐々木道場を増長しておると抜かしたな。増長しておるかどうか、われらの腕を見てみよ」

と言い、間合いを詰めた。

新河岸川伊佐島下流の葦原の賭場船は、すでに川越藩の捕り方が乗った御用船に囲まれていた。

「園部《そのべ》寅之助《とらのすけ》、岩尾源内《いわおげんない》、まずは若造らを始末いたせ。修羅場は潜ったこともなき道場剣術よ」

と蔑んだ言い方で辰平と利次郎を挑発した。

「木俣軍兵衛どの、われらはどうなるな。手持ち無沙汰《ぶさた》でござってな」

磐音の長閑な声が賭場船の屋根に響いた。

「その方、しばし待て。若造二人を始末したあと、それがしがゆっくりと料理してくれん」

と言い放った。

「木俣軍兵衛、そなたの相手をどなたと心得るや。尚武館佐々木玲圓先生の跡継ぎであるぞ、その方如き田舎剣術ではないわ」

と名主船から坂寄与三郎が叫んだ。

名主船には七、八人の客が乗っていた。

「なに、この者が佐々木玲圓の跡継ぎというか」

と木俣軍兵衛が言い放ったとき、

「若造、参れ」

と園部寅之助が、すでに抜き放っていた刀の切っ先を突きの構えにすると、辰平に突っ込んできた。

辰平は、平屋根に両足を踏ん張ると突きの刀の物打ち付近を木刀で弾いた。それを予測していた園部が胴へと刀を回した。

そんな戦いを横目で見ながら、利次郎が岩尾源内へと間合いを詰めた。そして、手に構えていた手造りの木刀をひょいと岩尾に向けて投げた。思わず岩尾が刀で木刀を弾いた。

その隙に利次郎は、亡くなった祖父の形見の大刀を抜き放つと敢然と岩尾に迫った。

岩尾は木刀を叩いて翻したあと、利次郎の中段からの胴打ちに対応しようとした。だが、利次郎の踏み込みが勝って平屋根から御用船の前に転がり落ちた。

辰平は利次郎の勝ちを横目で見ながら、木刀に拘って園部の切り込みを弾いたり受けたりした。だが、雑木で造った木刀、いや、棒きれだ。切り込みのたびに棒きれに力がなくなった。今にも二つに折れそうだった。

辰平はひょいと飛び下がると棒きれ木刀を構え直して一撃勝負に出た。

相手の園部も踏み込んできた。

刀と棒きれ木刀が虚空で絡み合い、音を立てて棒きれが二つに折れた。ために辰平は片膝を平屋根に突いた。辰平は残った棒きれを投げ捨てると、刀の柄に手をかけた。そのとき、園部の振りかぶった刃が首筋に振り下ろされた。

「辰平」

利次郎が悲鳴を上げた。

その直後、園部の顔面に霧子が抛った礫があたった。ために、
うっ
と呻いた園部の刃が流れた。

次の瞬間、辰平が刃を抜き放って立ち竦んだ園部の脇腹を抜いて、屋根船の平屋根から水へと転落させた。

「おのれ」

木俣軍兵衛が二人の腹心を眼前で倒されて歯ぎしりすると、厚みのある豪刀を上段に振り上げて構えた。

磐音は、ゆっくりと包平《かねひら》を抜くと正眼の構えにおいた。

そのとき、新河岸川の葦原の賭場船に長閑な夜風が戦《そよ》いだ。

居眠り剣法の真骨頂だ。

木俣軍兵衛と磐音は平屋根の上に間合い一間半で対峙《たいじ》した。

片や相手を威圧するような剛、一方はあくまで柔と対照的な構えだった。

いまや川越藩の捕り方たちも二人の対決を見守っていた。

一方胴元の金蔵が密かに賭場にあった金子《きんす》を掻き集めて風呂敷に包み込み、肩に負うと賭場船からそっと逃げ出そうとした。

その様子を女ツボ振りのお龍《りゅう》が、

「金蔵さん、それだけの金を負って水に入る気かいな、止めときなはれ。溺れまっせ」

と上方《かみがた》訛りで注意した。今や賭場船には、覚悟を決めたお龍と金蔵の二人しか残っていなかった。

「お龍、余計なお世話や」

と言いながら舳先側から葦原の水面にそっと身を浸けた途端、金蔵は背中の金子の重みで水中に引き込まれそうになった。

「た、助けてくれ」

この悲鳴に木俣軍兵衛が磐音に向かって踏み込みながら、上段の豪剣を不動の磐音の首筋に振り下ろした。

夜気を切り裂く刃風を感じながら、磐音が後の先で迫ってきた木俣軍兵衛の喉《のど》首《くび》を、
ぱあっ

と切り裂いた。

うぐっ

と呻いた軍兵衛の巨体が磐音の体を押し潰《つぶ》すように倒れかかるのを磐音は避けた。次の瞬間、平屋根に大きな音を立てて軍兵衛が崩れ落ちた。

勝負が決した。

だが、名主船では坂寄と霧子が、背に賭場の有り金を背負った金蔵を引き上げようと苦労していた。

磐音は血振りをした包平を鞘《さや》に納めると、名主船を見た。利次郎が霧子と坂寄を手伝い、金蔵を名主船に引き上げていた。

磐音が屋根から艫に下りると、つい先ほどまで博奕の熱気に包まれていた賭場に虚《うつ》ろな夜風が吹き込み、片袖を抜いたツボ振りのお龍が何事もなかったように煙管《きせる》を煙らせているのを見た。

「そなた、独りか」

「わては大坂もんや。尚武館佐々木道場と聞いた途端、こりゃ勝ち目はないわと思うたんや。こんどばかりは龍も胴元選びを間違えましたわ」

と答えた。潔い言動だった。

「武蔵国は初めてかな」

「中山道から流れついたんが川越や。上州あたりの剣術家崩れに声をかけられてツボ振りをしたのが、間違いやったわ」

「お龍さんか、木俣軍兵衛の悪さになんぞ加担したかな」

「わての仕事はツボ振りです。他の稼ぎはしまへん」

とお龍は言い切った。

「ならば一応お調べはあろうが、それ以上のことはあるまい」

磐音の言葉にお龍が視線を向けた。

「坂崎磐音と申されますか、奇妙な御仁やな」

とお龍が洩らした。

坂寄与三郎が賭場船に乗り込んできた。

「捕物は終わりましたかな」

「坂崎どの、お蔭《かげ》さまで大掃除が叶いました。綿屋にも元締加勢内村進三郎の屋敷にもこの賭場船と同じ刻限に捕り方が踏み込んでおります。木俣軍兵衛が亡き今、もはやこのツボ振りのお龍をお縄にすれば打ち止めです」

磐音がお龍に笑顔を向けると、

「坂寄どの、このお龍さんは尚武館の手の者でござってな、玲圓先生が前々から川越に入り込ませていた女密偵です。それがしがもらい受けてようございますな」

「えっ、お龍は尚武館の女密偵ですか。それがしが知る佐々木道場とだいぶ変わりましたな。礫投げの霧子といい、お龍といい、剣道場とは思えませんぞ」

と坂寄が感嘆した。

「さて、われらはそろそろお暇《いとま》いたす。あとは宜しく始末をつけられよ」

と言い残した磐音はお龍に目顔で従うように合図した。

四

引又河岸を川越藩御用船国方丸が出船したのは明け六つを過ぎた刻限だ。

賭場船がいた伊佐島の葦原から引又河岸に磐音たちが戻ってきたのは七つ半過ぎ、船から降りて荷積問屋で待っていたおこんといっしょに朝餉を頂戴し、慌ただしくも河岸を離れることになった。

川越舟運の下り船はふつう夕刻前の七つから七つ半には出船する。それが明け

六つ過ぎというのは、

「早い」

というべきか、一晩遅れで、

「遅い」

というべきか。だが、国方丸の藩御用船奉行支配下船頭衆の長の千次《せんじ》が、

「坂寄様、案ずることはないよ。明るいうちに坂崎様方を江戸のどこなりともお送りするでな」

と約束し、磐音たちには、

「日中の下り船ですよ。せいぜい新河岸川と荒川のさ、夏から秋の移ろう川景色を楽しみなされよ」

と昨晩徹宵したというのに平然とした顔で言ったものだ。

引又河岸の船着場で見送ったのは川越藩町奉行支配下の坂寄与三郎だけだ。

「この次、江戸に出た折りは必ず尚武館に立ち寄りますぞ」

と名残り惜しそうに見送ってくれた。

引又河岸を出た国方丸は川越舟運の船のように各河岸に立ち寄る要はない。三人の船頭衆が帆を拡げ、棹を流れに差して下っていく。

磐音ら一行は立派な船室の両側の障子を開いて両岸の長閑な景色を愛《め》でながら、船旅を楽しんでいた。

お龍を連れ戻った磐音たちの行動を怪しみもせず、おこんが迎えた。そんなおこんに磐音が、

「おこんさん、いささか曰くがあってな、ツボ振りのお龍さんを江戸へ同行することになった」

と説明し、こんどは、

「お龍さん、おこんさんはな、両替商今津屋の奥向き女中でな、近々それがしと所帯を持つ女子だ」

とおこんをお龍に紹介した。

おこんは磐音の破天荒な働きには慣れたものだから直ぐに、

「お龍さん、宜しくお付き合いください」

と挨拶し、お龍も、

「ツボ振りなんて世間の厄介者ですが、おこんさん宜しゅうお頼み申します」

と答えて朝餉をいっしょに食した。

おこんも深川育ちのちゃきちゃき、お龍は摂津大坂の鉄火肌の女子だ、直ぐに

互いの気心を察し合った。

「ツボ振りってなんですか」

と利次郎が聞いた。

お龍が磐音たち五人を見回し、

「承知なのは坂崎様だけかしら」

と言った。

「お龍さん、私も承知です。二日前の晩、お龍さんの鮮やかな手さばきを見せてもらいました」

と霧子が言った。

「えっ、若い娘が賭場船にいたかしら」

「いえ、私は船の外から覗き見しただけです」

と霧子が答え、お龍がしばし沈黙し、

「噂に聞いたより尚武館佐々木道場はあれこれと手広く御用を務めておられますね」

と感心した。

「はい」

とおこんが答え、

「佐々木玲圓様とおえい様にはお子がおられませんので、坂崎様が養子に入られ、私が嫁に参ります」

と正直に自分たちの立場をお龍に披露《ひろう》した。

「なんやて、坂寄たらいうた役人の話はほんまどしたか。お二人が尚武館の跡継ぎやなんて、そりゃあかん、木俣軍兵衛なんて田舎剣法では太刀打ちできまへんわ」

とお龍が感心した。

引又河岸を出た国方丸は、小さな宗岡《むねおか》河岸を一気に通過した。

主船頭の千次が船室に顔出しして、

「坂崎様方、昨夜のお働きご苦労にございましたな。船は新河岸川の曲がりくねった流れに差し掛かりますぞ。宮戸河岸からは流れが蛇行しておりましてな、樋《とい》の詰めに差し掛かりますでな、船足がいったん弱まります。大雨が降ると洪水が起きてこの両岸の田圃に水が流れ込み、百姓泣かせ、船頭泣かせの樋の詰めですよ」

「船足が弱まるのは結構です」

「おこん様、九十九曲《くじゆうくま》がりの途中はこれが急流に変わりましてな、いささか船が暴れますが、わっしらの腕を信用して下せえよ」

と挨拶し艫に戻った。

「暴れ川から急流か」

と呟いた辰平が船室を出て舳先に行った。

「辰平さん、元気がないわね」

とおこんが案じた。そして、お龍に、

「この利次郎さんはでぶ軍鶏、辰平さんは痩せ軍鶏と呼ばれて二人の立ち合いは尚武館の名物なんです」

「おやおや、軍鶏の喧嘩剣術ですか」

「まあ、そのようなものです」

と磐音がお龍の言葉に応じた。

「ここのところ辰平さん、なにか悩んでいる風ね」

「私が余計な手出しをしたからでしょうか」

おこんの呟きに霧子が応じた。

「あの折り、霧子が礫を抛たねば辰平は大怪我をしていたぞ。余計な手出しではない」

と利次郎が霧子の咄嗟《とっさ》の行動を庇《かば》った。

「利次郎どのの言われるとおりだ。それがしもいささか迂闊であった。そなたらが引又河岸で手造りした木刀を調べておくべきであったな。利次郎どのが木刀をあの者に投げたのは木刀の強度を信頼できぬと思うたからかな」

「いえ、木刀を投げてあやつの注意をそれがしから逸《そ》らし、刀を抜いたのは咄嗟の判断です」

「その咄嗟の判断が利次郎どのの命を救い、木刀に拘った辰平どのは身を危うくした。霧子の助けがなければ大事になっていた。とはいえ、辰平どのが霧子の手助けを節介と思うておるわけではあるまい。悩み事は別じゃな」

「辰平さんに詫びる要はございませぬか」

「霧子、そなたが詫びてはならぬ。辰平の気持ちが余計傷つこう」

と磐音に代わり利次郎が言い、磐音も頷いた。

しばし船室を沈黙が支配した。

「尚武館の強さの秘密が少しだけ分かりましたよ。皆さんが互いを信頼しておられます。尚武館の強さは剣術の腕前だけではないのですね」

とお龍が笑みの顔で言った。

「ご一統様よ、新河岸川名物の暴れ川に差し掛かりますぞ」

と主船頭の千次の声が響きわたり、一同が船室の中で船縁などを摑み、そのときに備えた。

九十九曲がりゃ　あだでは越せぬ
通い船路の　三十里ヨー
押せや押せ押せ　二丁櫓《にちようろ》で押せや
押せば千住《せんじゆ》が近くなるヨー

と千次船頭の渋い声が急流を下る川越藩御用船国方丸に響き、荒川の流れに出ると船頭衆が棹を櫓に変えて、帆を張った。

磐音一行が両国橋西詰の船着場に着いたのは七つ前の刻限だった。

「坂崎様方よ、ここでいいかね」

「おこんさんはこの両国西広小路の今津屋勤めじゃ、われらも挨拶して参るでな。世話になったな、千次どの、ご一統」

「わっしらは昨晩よ、尚武館道場の剣術を見せてもらってよ、気分がすきっとしたよ。またお会いしましょうかな」

磐音ら一行は両国橋の西詰に上がった。

「おっ、今津屋小町のおこんさん、どこへ出かけていたよ。この数日尊顔を拝していないな」

と早速西広小路の髪結い床の客から声がかかり、

「熊公、おめえが胴間声《どうまごえ》を張り上げたって駄目だよ。坂崎様が従っておられるよ。おめえは深川でも櫓下《やぐらした》の女郎に相手してもらいな」

と通りがかりの職人が応じた。

「えっ、ここが江戸ですか」

とお龍が驚きの眼差しで両国西広小路の雑踏を眺めた。

「お龍さん、私の奉公先はそこよ、ほれ、両替商の分銅《ふんどう》看板が見えるでしょ、あそこ。でも、私の奉公もあと数日ね」

とおこんがちょっぴり寂し気な声を洩らした。

「おこんさんには坂崎磐音様がついておられるわ。それに二羽の軍鶏もいれば霧子さんもいる」

とお龍が応じると磐音を見て、

「坂崎様、お助けいただき有難うございました」

と突然深々と頭を下げた。

「お龍さん、短い船旅であったがわれらもなんとも楽しかった。いいかな、江戸にいて困ったことがあったら、神保小路の尚武館を訪ねられよ。もっとも金子の御用達ならば、尚武館に参っても無駄じゃな。あの分銅看板の今津屋さんを訪ねなされ」

「えっ、坂崎様も両替屋と関わりがおありで」

「お龍さん、江戸六百軒の両替商を束ねる今津屋の後見が坂崎磐音って御仁よ」

一同は夕刻の客で込み合う今津屋の店先に立っていた。

「ああー、老分さん、後見の坂崎様とおこん様方が戻って参られましたよ」

と小僧の甲高い声が響いて、帳場格子から老分番頭の由蔵が、

「おお、後見、おこんさん、お帰りなされ」

と喜びの声をかけた。

「お龍さん、さあ、どうぞ」

とおこんが振り返ったとき、ツボ振りのお龍の姿は忽然と消えていた。

「おこん様、お龍さんは『わては裏街道の女子です。今津屋さんや尚武館はわてが挨拶にまかり出る場とは違います』と言い残されて人込みの中に消えて行かれました」

と霧子が言った。

「坂崎磐音め、また女衆の手助けをなしたか」

とおこんが磐音を睨んだ。

「おこんさん、世間には表もあれば裏もある。ツボ振りの技量で世間を渡るお龍さんが、木俣軍兵衛の賭場でツボを振ったからといって、川越藩の牢《ろう》に閉じ込められることもあるまい」

と磐音が言い、

「ただ今戻りました」

と今津屋の敷居を跨《また》いだ。

半刻ほど今津屋にいた磐音らは神保小路の尚武館に戻り、佐々木玲圓に平林寺での謙義老師との面会の様子を報告し、老師の返書を渡した。だが、川越での一件は話すこともしなかったし、玲圓も聞くことはなかった。

磐音は報告を終えると、

「夕餉を食べていきなされ」

というおえいの言葉に、

「お言葉だけ頂戴いたします。深川の金兵衛長屋を引き上げねばなりませんし、本日は深川に立ち帰ります」

と返答した。

磐音が神保小路を出て表猿楽町の方角へと歩いていくと、尚武館にいるはずの辰平が磐音を待ち受けていた。

「おや、どうなされた、辰平どの」

「相談がございます」

どうやら平林寺、川越の旅の間、悩んでいたことを辰平は、打ち明ける心積もりになったようだと磐音は思った。

「辰平どの、明日には回せぬ用事のようじゃな。深川への道々でもよければ話を聞こう」

「はい」

と返事をした辰平だが、なかなか言い出せなかった。

「どうなされた」

と応じた磐音が、

「まさかとは思うが霧子のことではあるまいな」

「霧子のことですか。ああ、霧子が礫を打ってくれてそれがしを助けてくれたことに未だ礼を言っておりません。迂闊でした」

と辰平が言い、本論の相談ごとに入った。

磐音が想像もしなかったことだった。

二人は再び両国橋の袂に差し掛かっていた。

「辰平どの、話は分かった。されどそれがし一人では返答が出来ぬ。まずそなたは屋敷に戻り、父御に相談なされよ。その了解が得られたならばそれがしが玲圓先生にお伺いしてみよう。それでよいな」

「は、はい。有難うございます」

と頭を下げた辰平が、

「この足で屋敷に戻ります」

と駆け出して行った。

その刻限、利次郎は尚武館道場に独りいた。辰平と稽古をしようと思ったが、辰平はいなかった。そこで独り木刀の素振りをしながら、脳裏にこたびの旅で体験した騒ぎ二つをなぞっていた。

ふと人の気配がした。

動きを止めて気配のほうを振り向くと霧子がいた。

「辰平がおらぬゆえ独り稽古をしておった」

「利次郎さん、辰平さんは坂崎様を追っていかれました」

「なぜか、坂崎様は明日にも道場に見えよう」

利次郎の問いに霧子はしばし間を置いた。

「辰平さんは悩みごとを坂崎様に打ち明けに行かれたと思うわ」

「おお、あいつが悩んでいたことか。友達甲斐がないな、なぜもう一羽の軍鶏に相談せぬ。そうか、おれでは頼りがいがないということか」

霧子は首を横に振った。

「霧子は察しがつくのか」

つかないわ、と答えた霧子が、

「辰平さん、尚武館を出ていくのではないかしら」

「こたびの旅の間に辰平からその話が出たな。その考えを捨てきれぬか」

利次郎の言葉に霧子が微かに頷いた。そして、

「利次郎さんは、辰平さんのいない尚武館を考えられる」

こんどは利次郎が首を横に振って否定し、

「じゃが、なにがあろうとおれはこの尚武館で剣術修行を続ける。霧子、どう思うな」

長い沈黙が二人の間にあった。

「利次郎さんが尚武館で修行してくれることのほうがうれしいわ」

「霧子はおれがこの道場で汗まみれになり、兄弟子たちに打たれ、転がされているのが好きか」

「それが剣術修行でしょ」

「そうだ」

と即答した利次郎が、

「でぶ軍鶏の剣術をこの尚武館で何年後か、あるいは何十年後かに確立できれば、

おれはそれで満足じゃ」

大きく頷いた霧子が、

「夕餉よ」

と用件を告げて利次郎のそばを去りかけ、不意に振り向くと、

「そんな重富利次郎様が霧子は好き」

と言って道場から出ていった。

利次郎はしばらくその場に立ち竦んでいた。

秋の陽射しが格子窓から射し込み、道場の床に立つ利次郎を浮かび上がらせた。

（おれも霧子が好きなのかもしれん）

と思いながら利次郎は猛然と木刀の素振りを始めた。

この日の夕暮れの出来事を利次郎は思い出し、二羽の軍鶏が別々の道を歩み始める始まりであったな、と気付いた。だが、それはずっと後年のことだった。

あとがき

『居眠り磐音』シリーズのスピンオフというか、外伝を本正月に『奈緒と磐音』、そして、今回四月に『武士《もののふ》の賦《ふ》』と二冊書いてみた。

『奈緒と磐音』は長大な五十一巻の主人公二人の知られざる物語で、二人の幼き日を回想するように書いた。

奈緒と磐音の心情を想像しつつ追憶する作業の最中、不思議な感情に捉われた。というのも決定版『居眠り磐音』の手直し作業をしながらの創作であり、あらゆる世代の磐音と奈緒が混沌と私の前に現れるのだ。

それにしても創作者はまだいい、思いつくままに書いているのだから。

一方、編集、校正・校閲諸氏は作者の思い付きに振り回される。本編の五十一巻とスピンオフとの長い物語の展開に数多みられる矛盾や齟齬に遭遇するたびに、多大な時間を弄して、整合性を得る解決策を見つけねばならないのだ。それでも直しきれない箇所がいくつか残った。

大変勝手なお願いだが、スピンオフはスピンオフとして楽しんで頂けないだろうか。


今回の『武士の賦』は、別の問題が生じた。

最初『利次郎の恋』という仮題で物語を書き進めてみたが、五十一巻のシリーズでキャラクターが出来上がっている脇役が主役を務めるのは無理があると、途中で気付かされた。そこで利次郎一人の物語ではなく、佐々木道場の若い門弟たちの青春グラフィティのような構成になった。そしてタイトルを『武士の賦』と変えた。

ここでも編集、校正・校閲、装画の諸氏、そして、書店さんや読者諸氏に混乱を招く結果となったことを深くお詫びせねばならない。


やはり五十一巻で完結した物語のスピンオフは、徒《あだ》や疎《おろそ》かに手を染めてはいけないという教訓を得た。その教訓にも拘わらず筆者の頭には勝手な考えが浮かんでいる。もう一度だけ外伝に挑戦できないか、それが長いシリーズ『居眠り磐音』の終章となる気がする。

実現するかしないか、筆者の迷う日がしばらく続きそうだ。

桜と梅があわせ咲く熱海にて

佐伯泰英

この作品は文春文庫のために書き下ろされたものです。

武《もの》士《のふ》の賦《ふ》
居眠《いねむ》り磐音《いわね》

定価はカバーに表示してあります

2019年4月10日　第1刷

著　者　佐伯泰英《さえきやすひで》

発行者　花田朋子
発行所　株式会社　文藝春秋

東京都千代田区紀尾井町 3-23　〒102-8008
TEL 03・3265・1211(代)
文藝春秋ホームページ　http://www.bunshun.co.jp

落丁、乱丁本は、お手数ですが小社製作部宛お送り下さい。送料小社負担でお取替致します。

印刷製本・凸版印刷
Printed in Japan
ISBN978-4-16-791253-6

居眠り磐音

友を討ったことをきっかけに江戸で浪人暮らしの坂崎磐音。隠しきれない育ちのよさとお人好しな性格で下町に馴染む一方、〝居眠り剣法〟で次々と襲いかかる試練と敵に立ち向かう！

※白抜き数字は続刊

居眠り磐音〈決定版〉順次刊行中！

① 陽炎ノ辻　かげろうのつじ
② 寒雷ノ坂　かんらいのさか
③ 花芒ノ海　はなすすきのうみ
④ 雪華ノ里　せっかのさと
⑤ 龍天ノ門　りゅうてんのもん
❻ 雨降ノ山　あふりのやま
❼ 狐火ノ杜　きつねびのもり
❽ 朔風ノ岸　さくふうのきし
❾ 遠霞ノ峠　えんかのとうげ
❿ 朝虹ノ島　あさにじのしま
⓫ 無月ノ橋　むげつのはし
⓬ 探梅ノ家　たんばいのいえ
⓭ 残花ノ庭　ざんかのにわ
⓮ 夏燕ノ道　なつつばめのみち
⓯ 驟雨ノ町　しゅううのまち

⑯ 螢火ノ宿 ほたるびのしゅく
⑰ 紅椿ノ谷 べにつばきのたに
⑱ 捨雛ノ川 すてびなのかわ
⑲ 梅雨ノ蝶 ばいうのちょう
⑳ 野分ノ灘 のわきのなだ
㉑ 鯖雲ノ城 さばぐものしろ
㉒ 荒海ノ津 あらうみのつ
㉓ 万両ノ雪 まんりょうのゆき
㉔ 朧夜ノ桜 ろうやのさくら
㉕ 白桐ノ夢 しろぎりのゆめ
㉖ 紅花ノ邨 べにばなのむら
㉗ 石榴ノ蠅 ざくろのはえ
㉘ 照葉ノ露 てりはのつゆ
㉙ 冬桜ノ雀 ふゆざくらのすずめ
㉚ 侘助ノ白 わびすけのしろ
㉛ 更衣ノ鷹 きさらぎのたか 上
㉜ 更衣ノ鷹 きさらぎのたか 下
㉝ 孤愁ノ春 こしゅうのはる
㉞ 尾張ノ夏 おわりのなつ
㉟ 姥捨ノ郷 うばすてのさと
㊱ 紀伊ノ変 きいのへん
㊲ 一矢ノ秋 いっしのとき
㊳ 東雲ノ空 しののめのそら
㊴ 秋思ノ人 しゅうしのひと
㊵ 春霞ノ乱 はるがすみのらん
㊶ 散華ノ刻 さんげのとき
㊷ 木槿ノ賦 むくげのふ
㊸ 徒然ノ冬 つれづれのふゆ
㊹ 湯島ノ罠 ゆしまのわな
㊺ 空蝉ノ念 うつせみのねん
㊻ 弓張ノ月 ゆみはりのつき
㊼ 失意ノ方 しついのかた
㊽ 白鶴ノ紅 はっかくのくれない
㊾ 意次ノ妄 おきつぐのもう
㊿ 竹屋ノ渡 たけやのわたし
51 旅立ノ朝 たびだちのあした

書き下ろし〈外伝〉

① 奈緒と磐音 なおといわね
② 武士の賦 もののふのふ